Mr. Cutter's Special Way of Kissing

S.B. Sasori

Mr. Cutter's Special Way of Kissing

S.B. SASORI

Impressum
Copyright © 2017 S.B. SASORI
Alle Rechte vorbehalten
www.swantje-berndt.de
www.sbnachtgeschichten.wordpress.com
Bildmaterial: depositphotos.com; oo Gleb;
fotolia.com, chuck
Korrektorat: Ingrid Kunantz
Covergestaltung: Swantje Berndt

Bibliografische Information der Deutschen Nationalbibliothek:
Die Deutsche Nationalbibliothek verzeichnet diese
Publikation in der Deutschen Nationalbibliografie;
detaillierte bibliografische Daten sind im Internet über
http://dnb.dnb.de abrufbar
Herstellung und Verlag: BoD – Books on Demand,
Norderstedt
ISBN: 9783743164772

Inhaltsverzeichnis

Prolog	7
Mr. Cutter's special way of kissing	13
Epilog	127
Weitere Romane von S.B. Sasori	131

PROLOG

Vor einem Jahr, Meiko-Higashi-Brücke, Nagoya, Japan.

»Dein Fall war tief.« Wie eine zerbrochene Puppe liegt der Mann auf dem Asphalt. Eine Pfütze aus Blut besudelt die langen, schwarzen Haare. »Wie alt bist du gewesen? Fünfundzwanzig? Dreißig?« Zu jung, um die Hoffnung aufzugeben. Das Leben selbst hatte sich an ihm vergangen, ihn hin- und hergeschleudert. Ein übermütiges Spiel war eine Freude für die Zuschauer, nicht jedoch für das Spielzeug.

Ich habe schon viele wie ihn gesehen. Sie kommen mir auf ihrem Weg entgegen, und betteln darum, dass ich sie mitnehme.

Anfangs war es eine schmeichelnde Erfahrung für mich, statt Angst und Entsetzen, Dankbarkeit in den Augen meiner Schützlinge zu sehen. Manchmal auch nur jene Art tiefer Resignation, die alles Lebendige negiert, obwohl es allgegenwärtig ist.

Um die Mittwinternacht häufen sich die freiwilligen Übertritte. Hin und wieder ereignen sie sich so spontan, so unvorhersehbar, dass mir die Gelegenheit genommen wird, einen würdigen Moment zu inszenieren.

Ich reiche meine Hand jedem von ihnen. Denen, die mir aus freien Stücken folgen und denen, die sich zu sträuben versuchen. In dem Augenblick des Zugreifens, wenn sich unsere Finger berühren und sie erkennen, dass es sich warm und fest anfühlt, fällt die

Angst von ihnen. Der Ausdruck der Überraschung, der sich zu Erleichterung, sogar in Freude wandelt, ist mein täglicher Lohn und entschädigt mich für die Schmähreden, die mich noch kurz zuvor wie ein Gewittersturm bedrängt haben.

Der Mann auf dem Asphalt ist mir in den Arm gesprungen. Während des Fallens hat er meinen Kuss wie ein köstliches Geschenk empfangen. So innig geben sich mir nur wenige Menschen hin. Sie misstrauen der ungewohnten Leidenschaft, die plötzlich nach ihrer Seele greift. Verstehen nicht, woher sie kommt und fürchten ihre Unmoral.

Für Außenstehende, und viele stehen außen, ist der Gedanke, sich mit mir zu verbinden, abstoßend.

Sie kennen mein Geheimnis nicht. Ihre Erinnerungen reichen nicht weit genug zurück. Sie haben den Pakt, den wir miteinander geschlossen haben, vergessen.

»Wach auf.« Haru Matsukuro. Ein Name, der die spanische Mutter verschweigt. »Haru!« Meine Stimme klingt rau vor Schmerz. Es ist seiner, doch er zersplittert in meinem Herz, schneidet mich, bis sich alles in mir wund anfühlt. Es ist ein letzter Dienst am Leben, ihm diese Qual abzunehmen, damit es aufatmen und loslassen kann. Früher hat mich dieser Akt des Mitgefühls an den Rand meiner Belastbarkeit geschleudert. Im Laufe der Jahrtausende habe ich gelernt, ihn wie eine Welle über mich hinwegschwappen zu lassen. Er kommt, er geht. Wie das Leben selbst.

Haru ist schön. Schönheit springt selten von Autobahnbrücken.

Sie findet leichter Wege, die gangbar sind. Haru ist an ihnen vorbeigestolpert, immer wieder ins Dickicht gedrungen oder erschöpft in Wüsten zusammengesunken. Es existieren nur wenige persönliche Dinge, die ich ihm hätte zeigen können, hätte er gewartet und mir Zeit für meine Ouvertüre geschenkt. Ich setze mich gern angemessen in Szene.

Ein Stofftier mit Rüssel, das nie einem Elefanten ähnelte, eine Teeschale aus dem Service seines Großvaters, die Risse in der Keramik mit Goldstaub bedeckt, eine Zigarrenschachtel mit abgenutzten Buntstiften. Letztendlich der Grund, weshalb er vor mir liegt. Übermotivierte Eltern neigen dazu, ihren Kindern Schneisen in das Wirrwarr der Möglichkeiten zu schlagen und bemerken zu spät, dass sie damit die eigentlichen Pfade versperren.

Das Foto eines jungen Mannes. Er hat Haru nicht nur bis in die Seele berührt. Auch diesen Weg haben seine eifrigen Eltern verschüttet. Sie werden erschüttert sein, wenn sie erfahren, dass ihr einziger Sohn in der von ihnen sorgfältig erschaffenen Ordnung verlorengegangen ist.

Ich beuge mich über das blasse Gesicht, küsse die kälter werdenden Lippen. Seelen lassen sich mit Zärtlichkeit locken wie Mäuse mit Speck.

Ich streichele mit der Zungenspitze den Mund, der eben noch Entschuldigungen in die Nacht gewispert hat. Keine der Schemen, die in Blech eingezwängt an mir vorbeirauschen, bemerkt mich. Auch nicht den Körper, um den ich behutsam die Arme schlinge.

Ein Trick mit der Zeit, um meine Arbeit bewältigen zu können. Illusionen an meine Bedürfnisse anzupassen, gehört zu meinen Talenten.

Ich verberge Haru an dem Ort, zu dem die Lebenden nicht hinsehen. Nicht, dass dort nichts wäre. Sie erwarten lediglich nicht, es zu sehen. Sie bleiben blind, ohne es zu bemerken. Erst, wenn Harus Hülle vollkommen einsam ist, werde ich den Taschenspielertrick beenden. Die Hektik wird mit quietschenden Reifen bremsen und das Entsetzen panisch die Ambulanz rufen. Die Abläufe in diesen Momenten ähneln einander wie Geschwister. Sie überraschen mich nicht mehr, dabei werde ich gern überrascht.

Sanft legen sich Schneeflocken auf meinen Nacken, schmelzen unter dem Mantelkragen. Ich liebe ihre Kühle.

Mit dem Daumen öffne ich den Mund meines Schützlings ein wenig weiter, verwöhne ihn mit der Zunge. Die Einladung gilt allein der zögerlichen Seele. Der Aufschlag muss sie eingeschüchtert haben, sonst würde sie sich mir zeigen. Steht ihnen der Verstand nicht mehr im Weg, wissen selbst die verstocktesten Seelen, dass sie bei mir gut aufgehoben sind.

Harus sträubt sich, schickt etwas anderes vor, das längst hätte gehen sollen. Leben.

Ich schmecke es deutlich. Nur ein ängstlicher, zusammengekauerter Rest, doch es klammert sich an die sterbende Hülle, als gäbe es auf dieser Bühne einen Grund dazu.

Hartnäckig. Harus trostloser Entschlossenheit zum Trotz besteht es auf seine Existenz.

Wo? In dem zerschlagenen Körper kann es sich nicht entfalten.

Es sei denn …

Ich habe es lange nicht mehr getan. Einen Menschen mir zur Seite gestellt, ihn in die Geheimnisse meiner Kunst eingeweiht. Er muss den Schritt von sich selbst fortgehen, hin zu mir. Alles ablegen, was ihm vertraut ist. Haru wird es leichtfallen. Er hat den Abschied auf der Brüstung der Brücke hinter sich gebracht.

Wie erleichtert er mir in den Arm gesprungen ist. Mit welcher Hingabe er sich an mich geschmiegt hat.

Ich könnte ihn lehren.

Und lieben.

Die dunklen Wimpernkränze heben sich. Der Blick darunter fragt mich nach Dingen, die der Verstand nicht begreifen kann.

Noch nicht.

Der Kuss auf die Stirn entlockt meinem Schützling ein Seufzen.

»Teshi.« Ein neues Leben fordert einen neuen Namen.

MR. CUTTER'S SPECIAL WAY OF KISSING

– Jacob Getty –

»Ich werde Chauffeur.« Der Plan steht. Unumstößlich. Ich liebe das Fahren. Vor allem in protzigen Wagen. Da ich sie mir nicht leisten kann, komme ich selten in den Genuss.

Der Duft des Leders, das angenehm Haftende, dennoch Glatte des Lenkrades, das mühelose Schalten mit einem perfekt in die Handfläche gebetteten Knaufs. Sanftes Dahingleiten, bei dem es gefühlstechnisch keine Rolle spielt, ob achtzig oder hundertachtzig Stundenkilometer auf dem Tacho stehen.

Limousinen. Alles andere sind bessere Vehikel. Ich muss das wissen. Mein Stiefvater besaß einen Jaguar XF. Volllederausstattung. Niemand außer ihm durfte sich hinters Lenkrad setzen. Ich war die Ausnahme. Dafür investierte ich eine Menge. Es hat sich gelohnt. Zugegeben, meine Mutter sah das anders. Nicht einmal auf ihrem Totenbett hat sie mir verziehen.

Ein Fakt, mit dem ich leben muss.

Ich fahre nebenbei Taxi. In Madison, Wisconsin. Allerdings sind Taxen keine Limousinen im eigentlichen Sinn und stinken, statt zu duften. Die Fahrgäste lassen ebenfalls oft zu wünschen übrig.

Sie reden. Nicht jeder, aber die meisten. Belangloses, was mich weder interessiert, noch jemals interessieren wird. Ich wünschte, sie würden schweigen.

Ein schlüssiger Eingangssatz, der lediglich so konkret wie möglich das Ziel erwähnt, genügt vollkommen. Auch diese penetrante Art des Nachhakens, um mich in ein Gespräch zu verwickeln, ist mir zuwider und beeinträchtig meinen Fahrgenuss immens.

Mein Traum: ein schweigender, gern zungenamputierter oder stimmbandgeschädigter Fahrgast. Oder jemand, der mich als Modul des von ihm gekauften Service betrachtet und dementsprechend in Ruhe lässt. Von dem ich nichts weiß, außer, dass er sich einen Chauffeur plus Limousine leisten kann.

»Chauffeur?« Tante Nelly hebt zweifelnd die Brauen. »Dazu braucht man eine Ausbildung.«

»Ich fahre dich. Das ist Ausbildung genug.« In der Army bin ich alles gefahren, das Räder besaß.

»Ich kann sehr gut allein fahren.«

»Keinesfalls.« Ihr Fahrstiel beschert mir Panikattacken. Es liegt weniger daran, dass sie auf einem Auge blind ist, was sie jedoch seit Jahren konsequent leugnet, sondern eher an ihrem ausgeprägten Hang zum Risiko. Der Gedanke *das klappt noch*, wird zweifelsfrei der letzte ihres Lebens sein.

»Jacob.« Tante Nelly gießt sich einen Tee ein. »Überdenke dieses Vorhaben in Ruhe. Ein Chauffeur ist eine Art Miet-Diener. Willst du das wirklich?«

»Der Dienst ist indirekter Natur. In erster Linie fahre ich.« Und zwar exakt mit den Wagen, die ich liebe. Ich brauche nicht viel. Doch die Dinge, die ich nutze, sind wertig oder sie sind gar nicht. Demzufolge besitze ich kaum etwas. Wesentlich weniger, als ich bräuchte. Tante Nelly hat erfreulicherweise kein

Problem damit, mir ihren Hausrat zur Verfügung zu stellen.

»Erstklassige Chauffeure verdienen gut«, wendet Nelly ein. »Du könntest deine Spielschulden begleichen.«

»Welche Spielschulden?« Ich spiele nie. Ich wüsste weder um, noch mit was.

»Nicht?« Sie wirkt ehrlich erstaunt. »Ich dachte, deine traurige Vergangenheit zwingt dich zu exzessiven Trinkgelagen und nächtelangen Casinobesuchen. Immerhin bist du unehrenhaft aus der Army entlassen worden.«

Ein Umstand, den sie mir häufig unter die Nase reibt. Ich habe ihr meine Entscheidungen erklärt. Sie hat behauptet, sie verstanden zu haben. Eine saubere Lüge.

Es gibt Dinge, die erledige ich auch aus Gründen der Vaterlandsliebe zu allseitiger Zufriedenheit. Und es gibt Dinge, die verweigere ich auch dann, wenn mir eine Pistole an die Schläfe gehalten wird. Eine unehrenhafte Entlassung als Folge solcher Entscheidungen ist Dreck dagegen. Ehre und Stolz können nur dort angekratzt werden, wo sie existieren. Beides habe ich aus meinem Leben getreten. Zusammen mit den meisten meiner sogenannten Freunde und unschöner Erinnerungen an Explosionen, abgerissener Körperteile und dem Anblick von Staub auf offenen Augen.

Träume zählen nicht. Sie sind heimtückisch, schleichen sich aus der Dunkelheit an, wenn du dich nicht wehren kannst. Sie überfallen dich. Brutal, skrupellos.

Zwecklos, eine Waffe zu laden und ins Finstere zu schießen. Nichts und niemand wird ächzend niedersinken. Nichts und niemand wird dich aufgrund seines Todes für immer in Ruhe lassen. Träume dünnen aus, wenn die Kugel naht. Sie lassen sich durchdringen, ohne Wunden, ohne Narben. Beides bekommst nur du. Reichlich. Nicht außen. Aber innen.

Deshalb schlafe ich ungern. Kaffee ist mein Freund. Der beste, den ich vorweisen kann. Einer meiner Tricks: Früh zu Bett und früh raus. Die übelsten Träume ducken sich in den ersten Morgenstunden zum Sprung. Stehe ich vor vier Uhr auf, entkomme ich ihnen hin und wieder.

»Der nette junge Mann mit dem Ring in der Unterlippe hat heute Morgen nach dir gefragt.« Nur ein Tropfen Sahne. Mehr nimmt Nelly pro Tasse nie. Er schwimmt nach einer Sekunde als Wolke auf der goldbraunen Oberfläche. »Ich habe dich verleugnet, wie abgesprochen.«

»Gut.« Markus begann, mir lästig zu werden.

»Warum?« Nelly betrachtet mich mit ihrem Unschuldsblick. »Ich dachte, es wäre was Ernstes zwischen euch beiden.«

»War es auch.« Bis er mich geküsst hat. Keine Küsse. Nie und nirgendwo hin. Zu nah, zu intim, zu verbindlich. Er wusste, dass ich diese antiquierte Form der Liebesbezeugung ablehne, und hat sich schulterzuckend über meinen Wunsch hinweggesetzt.

Nein, seine Schulter hatte dabei nicht gezuckt. Nur sein Schwanz. In meiner Faust. Zukünftig wird er das in einer anderen machen.

Ich habe mir danach die Hände gewaschen und ihn freundlich aber bestimmt gebeten, zu gehen und sich das Wiederkommen zu sparen. Ich bin kein Romantiker. Mir fiele es nicht ein, den Fortpflanzungstrieb, der bei mir etwas umgeleitet ausfällt, mit Liebe zu verwechseln. Aus einem einzigen Grund: Liebe ist die pathetische Bezeichnung einer Anhäufung chemischer Reaktionen in Hirn und Unterleib. Es macht Sinn, diesem Trieb nachzugeben, weil ein Orgasmus inklusive des Weges dorthin eine feine Sache ist. Flirrendes Sekundenglück. Ausreichend, um einen grauen Tag in ein helleres Licht zu tauchen.

Außerdem fühlt man sich zu keinem Zeitpunkt intensiver, als während es aus einem herausspritzt. Ein Garant dafür, lebendig zu sein. Hin und wieder brauche ich diese schlichte Gewissheit.

»Da gibt es Firmen, die machen so was.« Nelly rührt in ihrem Tee.

»Was? Küssen?« Das halte ich für ein Gerücht.

»Nein.« Liebenswert, ihr Lächeln. »Einen zum Chauffeur auszubilden. Ein paar Tage in Praxis und Theorie, dann eine Prüfung von irgendeiner Verkehrsinstanz und wenn du willst, kannst du noch einen zweiten Kurs ranhängen. So für die ganz besonders anspruchsvollen Kunden.«

»Woher weißt du das?« Das Geräusch des ans Porzellan schlagenden Löffels stellt mir die Härchen auf. Sie ignoriert meinen Blick und klackert weiter. Dabei ist ihr meine Geräuschempfindlichkeit durchaus vertraut.

An Silvester ziehe ich mich an den Devil's Lake zurück. Eine Jagdhütte, Wald, der See, Stille, ich. Ein super Team.

Stille ist zweierlei in meinem Leben: Frieden oder Tod. Ich komme mit beidem klar. Beim Lärm sieht es anders aus.

»Ich habe in deinem Zimmer Staub gewischt und die ausgedruckten Prospekte gefunden.« Wieder dieses Lächeln. »Ruf dort an, wenn es dich glücklich macht.«

Nelly meint den Job. Nicht den Anruf. Ich telefoniere ebenso ungern, wie ich mich unterhalte. Nelly stellt die einzige Ausnahme dar. Immerhin gewährt sie mir Obdach und das schon ziemlich lange. Aufgrund eines familiären Missverständnisses sah ich mich gezwungen, mit siebzehn Jahren mein Elternhaus zu verlassen.

Nein, es war kein Missverständnis. Ich verführte meinen Stiefvater versehentlich vor den Augen meiner Mutter. Damals für mich eine Notwendigkeit. Für sie eher ein Drama, in das sie trotz Hyperventilation nicht eingriff. Sie wartete nach Luft schnappend ab, bis ihr Mann schweißnass und zu tiefst befriedigt zurück auf die Sofakissen sank, bevor sie ihren Hausschuh auszog und auf mich losging.

Ich war schneller und Tante Nellys Wohnung zum Glück nicht allzuweit entfernt. Meinem Ersuch nach Asyl wurde nachgekommen, zog jedoch einen heftigen Familienstreit nach sich, der zum Bruch des ohnehin mürben Verhältnisses der Schwestern führte.

Seitdem wohne ich mit jahrelangen Unterbrechungen in einem zwölf Quadratmeter großen Zimmer mit Samtvorhängen und teile mir das Bad mit einer mittlerweile Fünfundsechzigjährigen. Kein Problem. Wir kommen beide damit klar, zumal ich auf Herrenbesuche verzichte. Das mute ich ihr nicht zu. Ist mir nach Sex, organisiere ich den entweder in der Wohnung des jeweiligen Partners oder schlicht in Klubs.

Die Idee, allein zu leben, kam mir früher oft. Dann begann die Zeit beim Militär. Sie bescherte mir einen längeren Aufenthalt in Afghanistan.

Meine Karriere endete 2009 mit einem Schuss, der nie abgefeuert wurde, den ich aber hätte abfeuern müssen. Zwingend.

Befehlsverweigerung und das anschließende Verfahren samt der unehrenhaften Entlassung ist ein gesellschaftlicher Genickbruch. Mir wurde es erst klar, als die Gesellschaft mein Genick brach. Leise, doch nachhaltig. Ohne das geringste Knacken.

Ich war damals froh, dass ich den Job als Taxifahrer bekommen habe. Erneut bei Tante Nelly unterzukriechen, war zum einen eine finanzielle Entscheidung, zum anderen nicht. Die alte Dame hat sich gefreut. Nicht über die Entlassung. Diese Nummer wird sie mir noch bis zu ihrem Tod hinaus nachtragen, sondern über die Aussicht, nicht länger allein zu wohnen.

Ich trinke den Tee, nicke ihr zu und verschwinde in meinem Zimmer.

Es wird Zeit, meine Zukunft zu organisieren.

Nach neun Anrufen bei neun Agenturen, die die Ausbildung zum Chauffeur anbieten, reihe ich neun Absagen aneinander. Alle aus einem Grund. Die verdammte, verfickte, beschissene unehrenhafte Entlassung aus dem Militärdienst.

Die Phasen, in denen ich das Handy an die Wand geschmettert hätte, sind vorbei. Ich werfe es lediglich aufs Bett und mich daneben. Ich bin müde. Todmüde. Ich sollte mehr schlafen.

Während meine Lider sinken, vergesse ich, über den Witz zu lachen.

Nuri schnappt sich das Funkgerät, rennt. Sand stiebt von seinen löchrigen Schuhsohlen.

Codierte Frequenzen. Für den Bruchteil einer Sekunde ist das der einzige Gedanke in meinem Hirn.

»Bleib stehen!« Ich will aus dem Wagen springen. Ihm hinterher. Bekomme den Gurt nicht auf. »Nuri!« Dieser Bastard! Kann ihn nicht fliehen lassen. Er stiehlt nicht für sich. Niemals. Er wird das Ding einem verdammten Warlord bringen. Alles klar, dann stiehlt er doch für sich.

»Nuri!« Ich hetze hinter ihm her. Muss ihn aufhalten. Das Funkgerät darf nicht in feindliche Hände gelangen. Gar nichts darf das. Keine Medikamente, keine Nahrung, und schon gar keine Codes.

Ich muss schießen. In den Rücken? Gott!

Ins Bein. Damit kommt er zurecht. Unsere Sanitäter taugen eine Menge. »Nuri! Bleib stehen!«

Er dreht sich um, sieht mich an. Über den Lauf des Sturmgewehrs hinweg findet er meinen Blick.

Ich lasse es sinken, sehe ihm nach, bis er verschwunden ist.

– *Teshi* –

Silbern. Ich mag diese Farbe. Vor allem, weil ich sie Senpai verdanke. Sehe ich in den Spiegel, erinnern mich meine Haare an die Bürde, die er mir auferlegt.

Ich binde sie im Nacken zusammen, schäume mein Kinn ein, rasiere mich sorgfältig. Ich gehöre mir nicht mehr. Senpai hat sich meiner angenommen, als ich mich fortgeworfen hatte.

Ein Leben, unbedeutend und voll Scham über meine Unzulänglichkeit. Berstend vor Reue, wegen jedes begangenen Fehlers.

Es scheint in seinem Charakter zu liegen, das Unliebsame zu lieben. Wenn ich ihm zeige, wie sehr ich mich nach seiner Umarmung sehne, weiten sich seine Pupillen vor Entzücken. Ab diesem Moment lasse ich mich fallen. Wie damals. Durch Grausamkeit, wilde Lust, unendliche Zärtlichkeit, die nur er zu schenken vermag. Wie damals liege ich danach zerschmettert unter ihm, verloren in meiner Erschöpfung, zitternd vor Schmerz. Wie damals birgt er mich in seinen Armen, gewährt mir Schutz, bis mein Körper heil und meine Gedanken klar sind.

Ich liebe ihn.

Und ich fürchte ihn.

Er sitzt an dem modernen, nichtssagenden Tisch unseres Hotelzimmers, die Beine übereinandergeschlagen, den Blick der graublauen Augen auf mich geheftet. Wenn ich wollte, könnte ich die Distanziertheit darin binnen Sekunden in lodernde Glut wandeln.

Ein wissendes Lächeln bittet mich, damit zu warten. Gelassen zieht er einen Briefumschlag aus der Innentasche seines Jacketts. In roter Schrift steht ein Schriftzug darauf. **Cutter.** Es ist einer seiner Namen, die er Menschen gegenüber verwendet. Seinen richtigen will er mir nicht verraten.

Nur eines seiner zahlreichen Geheimnisse. Ich durchdringe keines von ihnen.

Er lässt mich im Unklaren, um mich zu schützen. Aus reiner Fürsorge präsentiert er mir die Lektionen häppchenweise.

Fürchtet er, mich zu überfordern? Er tut es.

Der Moment, in dem das Erschrecken in fremden Augen wächst. Wenn der Auserwählte erkennt, wer vor ihm steht. Dass es keinen Weg gibt, ihm zu entkommen.

Ich kenne meine Aufgabe, beherrsche sie, und ertrage das berstende Gefühl, das mir die Sterbenden während ihres letzten Augenblicks zumuten. Jedes Mal denke ich, dass es mich zerreißt.

Senpai ist stolz auf mich. Er sagt es mir oft und verspricht, dass es irgendwann besser wird.

Ich frage mich, wann.

– *Cutter* –

Die Liste der Auserwählten ist kurz. Nur drei Namen an drei aufeinanderfolgenden Tagen. Ich hefte die Fotos daneben, damit Teshi einen Anhaltspunkt hat. Er ist im ersten Lehrjahr, das birgt reichlich Raum für Fehler. Da sich der Tod keine leisten kann, muss ich das Risiko als sein Meister so gering wie möglich halten.

Sieben Jahre in denen er lernt, was man geben muss, um nehmen zu können. Es fällt ihm schwer. Jedes Mal aufs Neue. Dabei ist er ungewöhnlich talentiert.

Er tritt vor mich, dicht genug, um mich seinen Duft riechen zu lassen. Das Spiel der Verführung beherrscht er noch besser als den Ernst des Tötens.

Ich greife um seine Hüfte, ziehe ihn zu mir, bis meine Nase seinen flachen Bauch berührt. »Teshi.« Ich streiche mit den Fingerspitzen über seine Leiste, spüre das Zucken darunter.

»Meine Aufgaben?« Sein Blick gleitet von einem Foto zum anderen. Am dritten bleibt er haften.

Ein ehemaliger Marine. Zweiunddreißig, widerspenstig, doch überraschend einfallsreich, wenn es darum geht, dem eigenen Tod zu entkommen. Unauffällig kurzes, dunkelblondes Haar, ein offener, dezent resignierter Blick aus braunen Iriden. Ein sympathisches Gesicht trotz der leicht eingefallenen Wangen. Ein Leben wie seins hinterlässt Spuren.

Es ist noch nicht lange her, da stand der recht weit oben auf meiner Liste. Die Tat, die ihn an den Abgrund führen sollte, lag zum Greifen nah vor ihm. Eine erzwungene Tat, den Geist zersetzende Reue, ein Übermaß an Schuld und keine vier Monate später wäre er mir ebenso bereitwillig auf die andere Seite gefolgt, wie so viele vor ihm. Eine gänzlich unerwartete Wendung hatte es verhindert. Eine Entscheidung aus Intuition. Weit am Verstand vorbei getroffen. Vor den Augen der Welt verlor er seine Ehre, während er vermeintlich ein Leben rettete.

Es gehörte mir bereits. Woher hätte er es wissen sollen?

Ich liebe Überraschungen und dieser Mann hatte mir eine solche beschert. Es hat ihm ein paar geschenkte Jahre eingebracht. Der Tod gewährt hin und wieder Aufschub, aber keine Begnadigung.

»Erzähle mir etwas über ihn.« Teshi spricht leise. Ich höre dennoch seine Angst vor der Tat heraus, die vor ihm liegt.

Ich ziehe seine Hand weg von dem Bild, hin zu meinem Mund. »Das entspricht nicht den Regeln.« Er ist zu jung, um Fragen stellen zu dürfen. Die Antworten würden seine Skrupel schüren und ihm seine Aufgabe unnötig erschweren.

»Mach eine Ausnahme.« Nur eine unbedeutende Bewegung, und der Morgenmantel klafft auseinander. Teshis beginnende Erektion ist meinen Lippen so nah, dass ich sie für einen Moment zusammenpressen muss, um sie nicht um seine Männlichkeit zu schließen.

»Das erstes Lehrjahr ist fast beendet. Ich bin reif für die nächsten Lektionen.« Ein laszives Lächeln verführt mich zum Regelbruch. Teshi ist reif. Für mich. Der Duft, der von ihm aufsteigt, verrät es mir.

Ich lasse meine Zunge breit über seine Länge gleiten, bevor ich ihm von dem Marine erzähle. Der afghanische Junge, dem er auf eine gewisse Weise die zusätzlichen Jahre verdankt, begegnete mir zwei Wochen später.

Um die Hektik aus der Situation zu nehmen, führte ich ihn einige Schritte aus der Zeit. Ich präsentierte ihm seine Erinnerungen, küsste ihn sehr sanft. Erst nachdem er sich mir voll und ganz überantwortet hatte, ließ ich zu, dass sein Fuß den Auslöser der Sprengfalle berührte.

»Er hat richtig gehandelt.« Teshi schmiegt seine Mitte gegen mein Gesicht. »Ich hätte den Jungen auch verschont.«

»Was dich zu einem schwierigen Schüler macht.« Der Tod verschont nicht. Er schenkt. Sich selbst.

»Wann treffe ich ihn?«

Es ist verrucht von ihm, sich an meinem Gesicht zu reiben. Er führt seine Spitze zu meinen Lippen, versucht, sie dazwischen zu schieben.

Ich gönne seiner Dreistigkeit einen nicht ganz zärtlichen Biss, der ihn zischend zusammenzucken lässt.

»Er ist die letzte Prüfung deines ersten Lehrjahres. Bestehst du sie, bringe ich dir bei, wie man eine Nische in der Zeit öffnet, um etwas darin zu verbergen.« Es ist diskreter, wenn die Polizei keine Erinnerungen bei dem Toten findet und schon gar keinen Aktenkoffer. Obwohl ich es amüsant finde, welchen Aufruhr ein paar Fotos und Spielsachen verursachen. Für Teshi ist es eine verlässliche Methode, sein Handwerk zu erlernen und entspricht seinem noch in menschlichen Bahnen denkendem Verstand. Mit jedem Lehrjahr wird er sich weiten, wird weniger Konkretes benötigen, um beruhigt zu sein. Er wird den Skrupel abschütteln, die Reue als Irrtum erkennen und sich seiner Aufgabe voll Hingabe widmen. So, wie er sich mir hingibt.

Teshi wendet sich ab, tritt ans Fenster. Mit dem Rücken zu mir blickt er in die Winternacht dieser im Geiste erstaunlich schlichten Stadt. Er hat sich verändert, seit er für mich arbeitet. Sein ehemals schwarzes Haar fällt silbergrau den Rücken hinab. Ich greife hinein, ziehe seinen Kopf in den Nacken. Seufzend lässt er es geschehen, wie er jeden meiner Übergriffe geschehen lässt. Er liebt das Unmittelbare, das Heftige, das ihn aus der Vagheit seiner Existenz rettet und ihn auf lustvolle Weise bis ins Mark erschüttert.

Nach unserer ersten Nacht, als er zitternd unter mir zusammenbrach, gestand er mir, sich niemals zuvor so lebendig gefühlt zu haben wie in meinen Armen.

Eines meiner liebsten Paradoxen.

Sein stets fragiles Verhältnis zum Leben hat mich von Beginn an gerührt. Er war mein Geliebter, lange bevor er sich zu dem Sprung in den Abgrund entschieden hatte.

Ohne es auch nur zu ahnen.

»Senpai.«

Sein Wispern birgt so viel Sehnsucht.

Ich brenne darauf, sie zu erfüllen.

Der Anblick seines hervorstechenden Kehlkopfes schürt dieses tiefe Verlangen, das mich jedes Mal erfasst, wenn ich spüre, dass Teshi bereit für mich ist.

Ich presse meinen Mund auf seine Kehle, streife ihm den Morgenmantel von den Schultern. Meine Hand wandert über den nackten Oberkörper hinab, auf der Suche nach dem Puls seines Lebens. Ich finde ihn emporgereckt aus Teshis Mitte, schließe meine Finger darum. »Bereust du deine Tat?« Ich drücke fester zu. Der Kehlkopf hüpft unter meinen Lippen.

»Nein.« Er kippt das Becken nach vorn, stößt in meine Faust. »Nicht, wenn du mich so berührst, wie jetzt.«

»Wie ist es, wenn du den Auserwählten in die Augen siehst?« Ich weiß, dass es ihm schwerfällt. Seine Haare sind nicht umsonst ergraut.

»Es tut weh.« Er schluckt erneut. »Sie zwängen mir alles auf, was sie sind, nie gewesen waren, gern gewesen wären. Sie stopfen mich voll mit sich, bis ich sicher bin, dass es mich zerreißt.«

»Sie sind egoistisch. Selbst in ihrer letzten Sekunde.« Ich schlinge den Arm um den bezauberndsten Schüler, den ich je mein Eigen nennen durfte, küsse mich über seinen Hals hinab bis zur Brust. Sein Herzschlag lockt meine Lippen ebenso wie der dunkle Nippel, der sich bereits verhärtet hat. Ich sauge ihn in den Mund, lausche Teshis kehligem Stöhnen.

Ich überfordere ihn, wenn ich ihn zu den Menschen schicke. Anfangs hoffte ich, er würde sich daran gewöhnen, doch trotz seiner verzweifelten Tat schätzt er das Leben zu hoch, um es gelassen nehmen zu können. Ich sollte ihn freigeben. Nicht länger mit dieser Aufgabe quälen.

Ich kann es nicht.

Die Momente, in denen ich in seinem Blick versinke, sind mir das Kostbarste.

Verloren in seiner Lust, mich nur mit diesen dunklen Augen anflehend, ihn zu erlösen, genieße ich Teshi mit einer Inbrunst, die jedes Maß übersteigt.

Ich zögere seinen Höhepunkt hinaus, bis sein heiserer Schrei um Gnade eine Brandspur in mein Inneres legt. Sie versengt mich, während wir gemeinsam in die Unendlichkeit fallen.

Auch damit erschöpfe ich ihn. Wenn er sich zitternd zusammenrollt, schlinge ich die Arme um ihn, halte ihn, bis sein Atem sich beruhigt und sein Herz in Frieden schlägt.

Oft habe ich mir vorgenommen, ihn zu schonen. Doch sobald er meine Distanz spürt, verführt er mich mit seiner Nähe so hartnäckig, bis er sich erneut unter mir hilflos verliert.

Er presst seinen schlanken, geschmeidigen Leib an mich.

Ohne die Lippen von ihm zu lassen, knöpfe ich mein Hemd auf, streife es ab. Teshis Hände gleiten über mich. So sanft, dass es mich schaudert. Einhändig öffne ich die Hose, dränge Teshi rückwärts zum Bett.

Er keucht vor Erwartung, während er seine Beine um meine Hüfte schlingt. Nach wie vor ist sein Körper menschlich und lebendig, wenn auch mit unmenschlicher Hilfe. Er fühlt den Schmerz, den ich ihm zumute. Doch heute Nacht entscheide ich mich für einen behutsamen Beginn.

Ich winde mich aus seiner Umklammerung, knie mich vors Bett. Ich drücke ihm die Schenkel nach oben, genieße den Anblick des sensibelsten Bereichs seines Körpers. »Zieh deine Kniekehlen zu dir«, wispere ich dagegen. Um ihm zu zeigen, was ich vorhabe, liebkose ich ihn flüchtig mit der Zungenspitze.

Teshi zuckt zusammen. Der überraschte Laut, den er ausstößt, entlockt mir ein Lächeln.

»Nimm deine Schenkel«, erinnere ich ihn an meinen Wunsch, und lasse meine Zunge in ihn gleiten.

Teshi gehorcht, flüstert rau den Namen, den er mir aus freien Stücken gegeben hat. Senpai.

Ich halte ihn an den Hüften, während ich ihn sanft verwöhne. Sein Seufzen steigert sich zu einem heiseren Stöhnen, das meinen Vorsatz, zärtlich zu bleiben, zerschmettert. Ich entledige mich der Hose, komme über ihn wie ein Orkan. Ohne Vorwarnung dringe ich tief in ihn ein.

Teshi erbebt unter meiner Grobheit. Mit der einen Hand hält er sich den Mund zu, mit der anderen krallt er sich ins Laken. Mit jedem meiner Stöße fällt es ihm schwerer, seine Schreie zu unterdrücken.

Ein kleiner Spalt in der Zeit, der ihm die Möglichkeit einräumt, sich verborgen vor den neugierigen Ohren der Welt seiner lustvollen Qual hinzugeben. Es kostet mich nur einen Wimpernschlag, und wir beide gleiten hinein. Ebenso wie ich spürt er das Kribbeln mehr in seinem Bewusstsein als auf der Haut. Ich ziehe die Hand von seinem Mund, küsse die Lippen, die sich bereits öffnen. »Gibt dich hin«, wispere ich dagegen. »Wir sind allein. Nur du und ich und der Aufruhr in deinem Inneren.« Ich weiß, dass er ihn kaum noch erträgt.

Ich nehme ihn wild, verschwende keinen Gedanken an Rücksicht. Die Laute, die er ausstößt, erschüttern mich bis ins Innerste.

Tränen rinnen ihm aus den Augenwinkeln. Ich küsse sie fort, halte Teshi für einen Moment fest umschlungen, um ihm ein wenig Ruhe zu gönnen. Schluchzend suchen seine Lippen meine. Eine Verführung zu einem jener Küsse, die selbst mir den Verstand rauben. Wir schwelgen in ihm, bis ich Blut schmecke. Seines und meines.

Der Druck seiner Schenkel an meiner Hüfte nimmt ab. Unsere Intimität fordert ihren Preis. In dem Augenblick, kurz bevor ihm die Sinne schwinden, reite ich ihn bedingungslos in die Ewigkeit. Sein Schrei treibt mich an, stößt mich in einen alles versengenden Rausch.

Doch erst, als er in einem heiseren Wimmern verklingt, ergieße ich mich in Teshi.

Ich bleibe auf ihm liegen. Schwer und ihm den Atem nehmend. Ich bin was ich bin und mich zu lieben, ist ein mutiges Unterfangen.

Teshi schlingt die Arme um mich. Sein geflüstertes *Danke* vertreibt den letzten Rest Grausamkeit aus meinen Instinkten. Ich finde aus dem einen Extrem mühelos hinüber ins andere. Voll Zärtlichkeit bedecke ich sein schweißnasses Gesicht mit Küssen. Vor ihm ist es nie geschehen, dass ich mich ein und derselben Person in all meinen Schattierungen zeigen durfte. Teshi akzeptiert sie. Jede einzelne. Er verlang nach ihrer Vielfalt.

Er ahnt nicht, wie wertvoll ihn das für mich macht.

Ich wische die Nische in der Zeit fort, als würde ich eine Fliege verscheuchen. Sie nimmt es mir nicht übel. Wir kennen einander lange genug, um uns zu vertrauen und gegenseitige Gefälligkeiten auszutauschen. Teshi im Zustand der höchsten Lust einen unbelauschten Augenblick zu schenken, gehört dazu.

Sacht streichle ich über seine samtene Haut. Ich liebe ihren Duft. Vor allem in Momenten wie diesem. Ich befreie ihn von meiner Last, schiebe ihm die Hand in den Nacken und richte ihn auf. »Er wartet auf dich.«

»Nein, tut er nicht.« Teshi schmiegt sein Gesicht in meine Handfläche. »Ich lauere ihm auf, lasse ihm keine Wahl.«

»Nicht jeder geht freiwillig.« Letztendlich ist es nur ein Kuss. Ich führe ihn ins Badezimmer. Unter dem warmen Strahl der Dusche reinige ich ihn sorgfältig von sämtlichen Spuren unserer Vereinigung. Nur der Schmerz wird ihn noch eine Weile begleiten.

»Das nächste Mal werde ich sanfter sein.« Ich darf nicht vergessen, wie zerbrechlich er ist.

»Nein, wirst du nicht.« Er lächelt. Heiße Rinnsale fließen ihm übers Gesicht. »Du stößt mich in die Tiefe. Jedes Mal. Solange du mich fängst, bevor ich aufschlage, liebe ich dich dafür.« Er neigt den Kopf nach hinten, lockt mit einem leisen Knurren meine Lippen erneut zu seiner Kehle.

»Du wurdest zu wenig berührt.« Wasser rinnt mir in den Mund, während ich ihm die Worte auf die Haut küsse. »Sonst wärst du nicht gesprungen.« Menschen gehen oft zwischen Gleichgültigkeit und Pflichterfüllung verloren. Dabei hätte sie etwas Nähe und Zuwendung retten können.

Teshi lacht sein kehliges Lachen. »Du gibst mir alles, was ich brauche.«

Er glaubt an die Lüge. Sieht nicht, was ihm an meiner Seite fehlt. Wie viel ich ihm zumute, als wäre er meinesgleichen, doch das ist er nicht.

Ich spüle die restliche Seife aus seinem Haar, reiche ihm ein Handtuch.

Während er es um sich schlingt, betrachtet er die an mir hinabrinnenden Tropfen. »Du bist schön.«

»Nur für wenige.« Die Meisten sehen ein Ungeheuer, wenn ich mich ihnen nähere.

Er nimmt ein weiteres Handtuch vom Stapel, beginnt, mich abzutrocknen. So behutsam, als wäre ich aus Glas, dabei bin ich es gewesen, der ihn eben beinahe zerbrochen hätte. »Wie viel Zeit bleibt mir?«

»Ein paar Minuten. Du solltest dir ein Taxi rufen.« Ich nehme ihm das Tuch ab, wringe seine Haare darin aus.

»Warum begleitest du mich nie, Senpai?«

»Weil unser Handwerk eine einsame Sache ist.« Die einsamste, die es gibt. Tritt der Tod auf den Plan, weicht alles andere zurück.

Vor einigen Jahrhunderten fand eine junge Frau den Weg zu mir. Sie erwählte mich zu ihrem Geliebten und bat eines Tages darum, meine Schülerin zu werden. Sie war erschreckend talentiert und entvölkerte ganze Landstriche.

Ich musste sie ziehen lassen, um ihrem Treiben Einhalt zu gebieten.

Wie ein gigantischer Hammer schmetterte die Einsamkeit auf mich herab. Ich nahm mir vor, mein Herz nie wieder zu verschenken. Schmunzelnd erkenne ich, dass mich Teshi damals trotz seines desolaten Zustands bereits zu einem Regelbruch verführt hat.

Ich überlasse ihm das Bad, gebe mich der distanzierten Anonymität des Hotelzimmers hin. Nicht weit entfernt schlägt ein Puls. Bald wird er verstummen.

Hinter mir klackt die Badezimmertür. »Meine letzten Aufträge waren alt.« Teshi nimmt frische Kleidung aus dem Schrank. »Diese drei sind jung. Warum müssen sie sterben?« Während er sich anzieht, spüre ich seinen Blick auf mir. »Der Erste ist ein Wissenschaftler. Hat es damit zu tun? Forscht er auf gefährlichem Gebiet und stellt eine Bedrohung dar?«

»Du suchst Gründe, wo keine sind.«

»Was ist mit dem Soldaten? Wäre er dir schon früher begegnet, wenn er den Jungen erschossen hätte?«

»Keine Fragen.« Sein Gewissen muss rein bleiben. Er handelt in meinem Auftrag, nicht aus eigener Verantwortung. Diese Last würde ich ihm niemals aufbürden. Ich reiche ihm den Aktenkoffer. Sein Inhalt wird Erinnerungen rufen. An einzigartige Augenblicke, die in der Hektik eines kurzen, menschlichen Lebens verlorengegangen sind. Während der letzten Atemzüge werden sie zu einem Abschiedsgeschenk.

»Ich habe Angst.« Teshi nimmt meine Hand. Nicht, um mich festzuhalten, sondern sich selbst.

»Ich bin hier, wenn du zurückkommst.« Mein Daumen streicht über seine zerbissene Unterlippe.

Das Sterben ist weder für einen ungeübten Tod, noch für gescheiterte Lebende leicht zu ertragen.

– *Jacob Getty* –

Schneeflocken. Dick wie Drops. Sie legen sich schneller auf die Windschutzscheibe, als sie der Scheibenwischer zur Seite schieben kann. Die Autos schleichen den John Nolen Drive entlang. Kein Wunder, die Fahrer sehen so wenig wie ich. Wie im dichten Nebel. Selbst das Licht der Weihnachtsdekoration wird vom Schnee geschluckt. Fast zwölf. Meine Schicht dauert noch bis fünf Uhr morgens. Ist okay. Ich bin wach. Habe ich so entschieden. Disziplin ist eine feine Sache. Die lernt man als Marine. Oder sie ist der Strick um deinen Hals. Oft erst das eine, dann das andere. Mich hält sie in akzeptablem Zustand am Leben. Kein Suff, kein Verlottern. Gleichgültig, wie es mir geht. Die Absagen der Agenturen sind längst verwunden.

Die Flocken fallen schneller. Der Wind treibt sie mir entgegen.

Ich konzentriere mich auf die Rücklichter meines Vordermannes. Rotleuchtende Iriden zwischen grauweißem Nichts. Ein Schauder huscht mir über den Rücken. Ist die vorgerückte Stunde. Zu dicht an Mitternacht. Da bildet sich das Hirn Dinge ein, die es nie gab.

Das Starren strengt an. Meine Augen werden immer trockener. Kann auch an der Klimaanlage liegen.

Schalte ich sie aus, beschlagen die Scheiben von innen und ich bin vollständig blind.

Das Sheraton Hotel. Ich ahne es mehr, als dass ich es erkenne. Ein Mann steht am Straßenrand.

Ohne Schirm, ohne Mütze. Dafür mit einem Aktenkoffer in der Hand. Er winkt nach einem Taxi. Freitagabend vor dem vierten Advent. Bei diesem Sauwetter. Er hat Glück, dass ich frei bin. Ich fahre rechts ran, schnappe mir den Schirm und springe aus dem Auto. Während ich ihn aufklappe, eile ich um die Motorhaube bis zu meinem Fahrgast. Er nickt, als ich ihn vor dem Schnee rette.

Ein Asiate. Mit europäischem Einschlag. Sehr helle Haut, sehr dunkle Augen. Ihre Schrägstellung in Kombination mit den silbernen Brauen verleiht ihm eine aparte Extravaganz.

Junges, auffällig schmal geschnittenes Gesicht, dennoch graue Haare. Streng im Nacken zu einem Pferdeschwanz gebunden. Die glitzernden Schneeflocken in ihnen verleihen den nassen Strähnen einen Lametta-Touch. Edler Mantel. Der Kragen hochgestellt, die Schuhe sehen teuer aus. Ich tippe auf handmade.

»Guten Abend, Sir. Schauerliches Wetter.« Während ich Beredsamkeit heuchele, öffne ich ihm die Beifahrertür.

Für gewöhnlich steigen Fahrgäste hinten ein. Weiß der Teufel, weshalb ich ihn neben mich setze.

Er haucht ein akzentfreies *Danke sehr* und gleitet geschmeidig auf den Sitz.

»Darf ich Sie vorübergehend von Ihrem Gepäck befreien?«

»Nein danke.« Er stellt den Aktenkoffer zu seinen Füßen ab.

Sein Profil im Halbdunkel des Wagens. Das Licht des Hoteleingangs huscht über die Wangenknochen. Ein Tropfen geschmolzenen Schnees rinnt an der Schläfe entlang, mit einer lässig eleganten Geste wischt er ihn weg.

Die Lippen sind wund. Als hätte er sie aufgebissen. Unter den Augen liegen dunkle Schatten, die Lider hängen etwas herab.

So ähnlich sahen meine Kameraden nach durchkämpften Nächten aus. Ich vermutlich auch. Ist manchmal besser, wenn Spiegel Mangelware sind. Es gibt Orte, da braucht man nichts weniger als solches Zeug.

Dennoch ist der Asiate schön. Die latente Erschöpfung ändert nichts daran.

Ich schließe die Tür und laufe im Sturmschritt auf die andere Seite. Beim Schirmausschütteln verwandelt mich die Winternacht in einen Schneemann. Als ich endlich im Warmen sitze, tropft es mir ebenfalls aus den Haaren.

»Zum Medical Sience Center.« Er sieht durch die Windschutzscheibe in die Nacht. »Bitte schnell. Es drängt.«

Nur ein paar Minuten. Selbst bei diesen Verhältnissen. Was will der Mann kurz vor Mitternacht in der Universität? Muss ein echt dringender Termin sein.

Ich streife das klamme Gefühl ab, das eher in meiner Seele als in meiner feuchten Jacke hängt, und schleiche so zügig wie möglich durch einen mittlerweile ernstzunehmenden Schneesturm.

Zehn Minuten werden zu einer Ewigkeit, in der kein Wort gewechselt wird. Mein schweigender Gast schaut aus der Seitenscheibe, bemerkt meine unauffälligen Blicke nicht.

Etwas Seltsames geht von ihm aus. Ich spüre es auf dieselbe Weise wie die Elektrizität in Gewitterluft. Nicht benennbar, doch es kribbelt mir durch die Nerven.

Das Hauptgebäude der Fakultät. Ich parke vor der Treppe zum Eingang. Tatsächlich, einige Fenster sind noch beleuchtet.

»Bitte warten Sie hier. Ich bin bald zurück.« Aus der Manteltasche zieht er ein Bündel Geldscheine und reicht mir davon in etwa den doppelten Fahrpreis.

»Kein Problem, Sir.«

Er sieht mich auf diese konzentrierte Art an, wie vorhin. »Ich werde in schlechter Verfassung sein, wenn ich zurückkehre.« Er hebt nicht einmal die Stimme. »Ich wäre Ihnen dankbar, wenn Sie mich anschließend zum Hotel bringen und bis zu meinem Zimmer begleiten. Nummer 511.«

Ich verkneife mir die Frage, was er unter schlechter Verfassung versteht. Offenbar ein Zustand, in dem er nicht mehr fähig ist, sich an die Zimmernummer zu erinnern.

»Selbstverständlich, Sir.« Ist er krank? Sollte ich ihn deshalb hierher fahren? Ich steige aus, um ihm die Tür zu öffnen.

Nein. Ihm fehlt nichts. Er bewegt sich geschmeidig und kraftvoll. Keinerlei Anzeichen von Schwäche. Zügig, ohne zu hetzen, erklimmt er die Stufen zum Eingang. Er verschwindet in der Tür, während mir der Schnee in den Kragen weht.

Ich flüchte mich zurück ins Taxi, drücke auf den Restwärmeschalter. Nur ein paar Minuten. Das ist auszuhalten.

Nervende Werbung im Radio. Nach einer Sekunde schalte ich es wieder aus. Ich verschränke die Arme vor der Brust, schließe die Lider.

Madisons Nachtgeräusche werden leiser.

Bis auf Nuri ist der Waschraum leer. Nur einen Schwall Wasser ins Gesicht. Das ist alles, was ich will. Draußen herrscht sengende Hitze. Die Mauern der verlassenen Gebäude scheinen zu glühen. Bis auf wenige Ausnahmen ist Nawzad eine Totenstadt.

»Zu heiß für dich?« Nuri nickt zum Fenster und meint offenbar das Gleißen jenseits der Scheibe. Wobei die Luft hier drin ebenfalls steht.

Er lächelt. In seinen dunklen Iriden blitzt der Schalk. »Macht dir der Job bei uns Spaß?« Sein Englisch ist holprig aber charmant.

»Er ist notwendig«, antworte ich pflichtschuldig. »Also erledige ich ihn.« Im Moment hat das mit Spaß im engeren Sinne nichts zu tun. Mein Ohr pfeift. Es liegt nicht an den kontrollierten Explosionen der Sprengfallen, sondern an der, die wir übersehen hatten. Sie ging hoch und nahm Bobs Bein mit. »Was ist mir dir?« Ich zeige auf die vollen Mülltüten in seinen Händen. »Macht dir dein Job Spaß?«

Nuri lacht. »Er ist notwendig. Sonst musst du deinen Dreck allein fortschaffen, Sergeant Getty.«

Das ›Sergeant‹ spricht er lustig aus. Ich mag ihn. Schon wegen seiner guten Laune. In einem Land, in dem man morgens nicht weiß, ob das Haus samt der Familie abends noch existiert, wird aufrichtiges Lächeln zu einem Heldenstück.

Nuri gehört zu den Lokals, die für uns arbeiten und er ist mit Abstand der zutraulichste. Ich werfe ihm eine Packung Kaugummis zu. Der Klassiker der amerikanischen Art, Zutrauen zu Einheimischen zu gewinnen. Dicht gefolgt von Zigaretten, doch Nuri raucht nicht. So gut kenne ich ihn bereits.

Er fängt das Päckchen, lässt dafür eine der Tüten fallen. Der Müll rollt über den Boden. »Sergeant Getty!«, schimpft er mit gespielter Strenge. »Jetzt muss ich alles wieder aufsammeln.« Statt genau das zu tun, stellt er die zweite Tüte ebenfalls ab. In aller Ruhe packt er einen Streifen aus und schiebt ihn sich in den Mund. Seine blütenweißen Zähne leuchten auf.

Der Bengel ist eine Augenweide, was ich zu übersehen versuche. Ich hatte ihn mal nach seinem Alter gefragt. Ganz nebenbei. Er wusste es nicht, würde sich jedoch auf achtzehn bis zweiundzwanzig schätzen. Dem Augenschein nach käme das hin, was mich allerdings nicht weiterbringt.

Noch gilt die Regel ›Don't ask, don't tell‹. Auch wenn sich angeblich von Seiten der Regierung da etwas tut. Nuri ist in jedem Fall tabu. Keine vertraulichen Beziehungen zur Bevölkerung. Egal welcher Art. Für ihn werden dieselben Regeln gelten. Trotzdem bilde ich mir ein, dass er ab und zu mit mir flirtet.

»Willst du?« Er bietet mir einen Streifen an. »Dafür musst du mir helfen, den Müll aufzusammeln.«

Sein Grinsen haut mich um. Kennt der Bengel keinen Respekt? Ich lache und tippe mir an die Stirn.

Nuri zuckt die Schultern, packt den Kaugummi aus, tritt dicht vor mich.

Sein frischer Minzatem streift über mein Gesicht.

So nah standen wir noch nie voreinander.

»Ist keiner da, der es sieht«, flüstert er und hält mir den Kaugummi vor den Mund.

Keinen Schimmer, was ich machen soll. Ich bete, dass wir nicht nur allein sind, sondern auch bleiben.

»Ich weiß, dass du mich magst. Immer wenn du denkst, dass ich es nicht mitbekomme, siehst du mich auf diese bestimmte Weise an.«

Gott, ich bin verloren. Hoffentlich ist das niemandem sonst aufgefallen.

Nuri steckt sich das eine Ende des Streifens in den Mund, neigt sich so nah zu mir, dass das andere Ende meine Lippen berührt.

Bevor ich begreife, was hier läuft, beiße ich ab. So viel, dass ich Nuris Lippen dabei berühre. Sein leises Seufzen geht mir wie Öl runter.

Ein zarter, minziger Kuss.

Für einen Augenblick bleibt die Zeit stehen.

»Sag es keinem, hörst du?« Sein Flüstern an meinen Lippen klingt eindeutig nach einem Flehen. »Keiner darf wissen, dass ich so bin wie du.«

»Machst du Scherze?« Mit diesem Geständnis würde ich uns beide ans Messer liefern. »Das hier war das erste und letzte Mal, verstanden?« Das Eis, auf dem wir inmitten der Hitze herumrutschen, ist definitiv zu dünn.

»Verstanden.« Er sieht mich an, mit diesen großen, schwarzen Augen.

Im nächsten Moment packe ich ihn, dränge ihn an die Wand und verschlinge seinen Pfefferminzmund.

Ich schrecke hoch, spüre meinen polternden Herzschlag. Wo verdammt bin ich? Statt Hitze Kälte, statt Nuris Nähe die Einsamkeit eines Taxis.

Dieser kleine Bastard. Ich bin ihm sauber auf den Leim gegangen.

Kurz vor halb zwei. Ich warte seit eineinhalb Stunden auf den Asiaten. Im Institut brennt nach wie vor Licht. Mir ist kalt, ich sehne mich nach einem Kaffee und nach Nuris verräterischen Lippen. Gott, was konnte der Junge küssen. Hoffentlich ist er lebendig genug, um genau das zu tun. Egal, was er mir eingebrockt hat, ich kann ihn weder hassen noch zum Teufel wünschen. Ich will, dass er lebt, sämtliche Gliedmaßen sein eigen nennt und eine Möglichkeit gefunden hat, in seiner Heimat klarzukommen. Meinetwegen auch mit Diebstählen irgendwelcher Funkgeräte.

Ich muss krank sein, so über diesen kleinen Verräter zu denken.

Es schneit nicht mehr. Plötzlich verzehre ich mich nach frischer Luft. Gleichgültig, wie eisig sie ist. Ich steige aus dem Wagen, lehne mich an die Seite, die zum Gebäude zeigt. Für einen Mitternachtstermin dauert es ziemlich lang. Oder hat mich mein Fahrgast versetzt?

Die Eingangstür öffnet sich. Der Asiate tritt ins Licht der Außenlampe, bleibt einen Moment stehen. Er schwankt. Zögernd geht er einige Schritte, hält sich am Treppengeländer fest.

Verdammt, sein Zustand scheint tatsächlich miserabel zu sein. Ich gehe ihm entgegen. Er bemerkt es, wartet, bis ich ihn erreicht habe.

»Danke«, sagt er leise, während ich ihn unterfasse.

»Sir?« Das *alles in Ordnung* kann ich mir sparen.

»Brauchen Sie Hilfe?«

»Nur Ruhe und eine vertraute Umgebung.« Sein Mund verzieht sich zu einem wackeligen Spottlächeln. »Die Anonymität eines Hotelzimmers ist der perfekte Ort für ...«, stöhnend senkt er die Lider. »Bitte bringen Sie mich zum Taxi.«

»Natürlich.« Was zum Henker fehlt ihm?

Mit der einen Hand stützt er sich bei mir, mit der anderen am Geländer ab.

Wo ist der Aktenkoffer?

Wir erreichen den Wagen, ich öffne die Tür und helfe ihm auf den Beifahrersitz. Da er den Kopf zur Seite neigt und erneut die Augen schließt, gurte ich ihn an. »Brauchen Sie einen Arzt?«

»Nein, wirklich nicht«, murmelt er. Beide Hände presst er gegen den Bauch. So blass, wie er ist, hat er Schmerzen. Aus dem Affekt ziehe ich sie weg, knöpfte ihm den Mantel auf, kontrolliere das Hemd darunter. Für eine schauerliche Sekunde stecke ich in einem Déjà-vu«, erwarte Blut zu sehen, was Gott sei Dank nicht dort ist.

Mein Fahrgast lässt mich gewähren, was mich dermaßen erstaunt, dass ich vergesse, mich für das ungewöhnliche Verhalten zu entschuldigen.

Er nimmt meine Hand, drückt sie auf die Stelle, die sich in meinen Gedanken rot färbt. Seine Miene entspannt sich etwas.

Die Berührung scheint ihm Linderung zu verschaffen.

Er schließt die Augen, sein Kopf sinkt zur Seite. »Bitte, ich muss zurück ins Hotel.«

So leise, wie er spricht, scheint er vollkommen erledigt zu sein.

»Natürlich.« Ich überlasse ihn seinen Problemen, starte den Motor. Während der Fahrt gibt er keinen Ton von sich, aber ich bemerke, wie er die Zähne zusammenbeißt.

Ich parke vor dem Sheraton, öffne ihm die Tür. »Sir?«

Mühsam hebt er die Lider.

Ich biete ihm meinen Arm, den er annimmt. Sicherheitshalber schnuppere ich unauffällig in seine Richtung. Nicht die kleinste Spur Alkohol geht von ihm aus.

Am Eingang bleibt er stehen, stützt sich an der Wand ab und atmet tief ein.

Ich lege ihm die Hand auf den Rücken. »Ist gleich geschafft, Sir.« Ich bilde mir ein, dass er sich für einen flüchtigen Moment in die Berührung schmiegt. Ich muss mich irren, denn er richtet sich auf, strafft die Schultern.

»Es ist nicht nötig, dass Sie mich bis zu meinem Zimmer begleiten.« Er entnimmt seiner Manteltasche wie vorhin ein paar Geldscheine. Hundert Dollar. Für eine Fahrt von zehn Minuten. Nun gut, die Wartezeit hat er vermutlich mit eingerechnet.

»Bedauerlicherweise steht mir kommende Nacht ein ähnlicher Termin bevor. Ich wäre Ihnen dankbar, wenn sie mich fahren würden.«

»Gern. Wann?«

»Kurz vor Mitternacht. Holen Sie mich hier ab.«

»Kein Problem, Sir.« Stopp, verdammt. »Tut mir leid. Ich habe meinen freien Tag.« Wie konnte ich das vergessen?

Er neigt den Kopf, sieht mich unter schweren Lidern hervor an. »Was muss ich tun, um von Ihnen gefahren zu werden?«

»Mich engagieren und hinter das Steuer eines Jaguar XF setzen.« Ich lache über meine eigene Dreistigkeit. »Nein, besser noch ein XJ, der ist eleganter und geräumiger.«

Er nickt, richtet seinen Mantel. »Wir sehen uns morgen, Mr. Getty.« Hochaufgerichtet schreitet er durch die Lobby, grüßt die Dame an der Rezeption und lässt sich von ihr einen dicken Umschlag aus seinem Postfach geben.

Während er zum Fahrstuhl geht, schweift sein Blick zu mir.

Er sieht blass aus. Fast kalkig.

Ich frage mich, was das für ein seltsamer Termin war?

Ich kehre zum Wagen zurück, lasse den Motor an.

Wir sehen uns morgen, Mr. Getty.

Ein aufmerksamer Mann, wenn er nicht nur einen Blick auf meine Lizenz geworfen, sondern sich auch meinen Namen gemerkt hat.

Moment, hat er nicht. Sie steckt nicht am Armaturenbrett.

Sie befindet sich in meiner Jackentasche.

– Teshi –

Der Marine von meiner Liste. Ich habe ihn sofort erkannt. Wie ist es möglich, dass ich ihm zwei Tage vor seiner Zeit begegne? Das ist mir bisher nie geschehen. Ich mag seine Art, zu reden. Ruhig und freundlich, dennoch schwingt etwas in seinem Timbre, das mir verrät, dass er die meisten Dinge nicht ernst nimmt. Bei jedem Satz, hinter den er *Sir* gehängt hat, wusste ich, dass er sich ein klein wenig lustig über sich und mich macht. Vielleicht über das ganze Leben an sich.

Er war mir behilflich, als ich sicher war, keinen Schritt mehr gehen zu können.

Footsnapper hat mich zuerst irritiert hingenommen. Doch dann …

Ich muss zu Senpai. Ich bekomme kaum noch Luft. Als würde mein Leib zerreißen. Warum kosten die Menschen nicht jeden Moment aus, nehmen sich die Gefühle, die sie brauchen, beschreiten die Wege, die für sie bestimmt sind? Stattdessen picken sie schüchtern Einzelnes heraus und übersehen die glänzende Fülle. Bis zum letzten Augenblick. Dann erkennen sie ihren Fehler und stopfen es in mich, aus Angst, es könnte sonst für immer verlorengehen.

Das einzige Gefäß für ihre ungelebten Träume, dessen sie in dieser Situation habhaft werden. Ausgerechnet ihrem Tod vertrauen sie ihre Kostbarkeiten an. Es ist zu tragisch, um darüber zu lachen.

Ich stolpere in den Fahrstuhl, presse die eine Hand auf den Leib, mit der anderen versuche ich, die verdammte Schlüsselkarte über den Kontakt zu ziehen.

Bei Getty ging es mir besser. Zum ersten Mal war ich nach einem Auftrag nicht allein.

Er gehört zu den Menschen, in deren Nähe die größte Not den Schrecken verliert. Sie erschaffen eine Hülle aus Geborgenheit und schenken selbst inmitten von Hoffnungslosigkeit einen Funken Frieden. Vor meinem Sprung habe ich täglich nach ihnen Ausschau gehalten. Ich fand einen von ihnen, erlebte mit ihm unbeschreibliches Glück, und verlor ihn schließlich an meine Feigheit.

Es wäre eine Lüge, sie *Fügsamkeit* oder gar *Gehorsam* zu nennen. Vielleicht sind es auch Synonyme. Ich weiß es nicht.

Aber ich weiß, was ich an Gettys Seite gefühlt habe.

Ich weiß, dass er zu den Perlen gehört, die viel zu selten gefunden werden, weil ihr Glanz nicht sofort ins Auge sticht.

Es erfordert Beharrlichkeit, den beständigen, samtenen Schein zu erkennen.

Oder Glück.

Ich bin sein Tod.

Damit scheidet Letzteres aus.

Kalter Schweiß rinnt mir zwischen den Schulterblättern entlang. Der Umschlag droht mir aus den Fingern zu rutschen. Ich weiß nicht, wer für die Umschläge verantwortlich ist. Frage ich Senpai danach, erhalte ich seine Lieblingsantwort: keine Fragen.

Mir wird übel. Mein Herz schlägt zu stark, viel zu schnell. Es will sich nicht beruhigen. Da ist etwas Fremdes in ihm. Es breitet sich aus, schmerzt, bis ich das Gefühl habe, von innen zu verbrennen.

Ich wische über meinen Mund, doch Footsnappers Geschmack haftet dennoch an meinen Lippen.

Er hat geweint, als ich ihm seine Erinnerungen gezeigt habe. Wie ein Kind. Er bat um Aufschub, eine Chance, die Dinge zurechtzurücken. Ich kannte ihn nicht. Gar nichts aus seinem Leben. Keine Sünde, keine gute Tat. Von welchen Dingen sprach er? Was ist schiefgelaufen? Ich hätte ihn so gerne danach gefragt.

Keine Fragen. Der Tod ist fair. Neutral. Unbestechlich. Er bietet jedem die Hand, schert sich nicht um Stand oder Talent. Er erwartet nur Hingabe in den letzten Moment. Ein Kuss. Und dann?

Der Fahrstuhl hält. Die Türen schieben sich unerträglich langsam auseinander. Ich taumele zum Zimmer, bevor ich die Karte über den Kontakt ziehen kann, öffnet mir Senpai.

»Teshi.«

Ich falle in seinen Arm. Ich muss ihm nicht sagen, wie es mir geht. Er begleitet mich seit einem Jahr, er weiß es.

Er nimmt mich hoch, als wöge ich nichts, tritt gegen die Tür, die ins Schloss fällt. Er trägt mich zum Bett, öffnet den Mantel, knöpft das Hemd auf. »Wo?«

Ich nehme seine Hand, presse sie auf meinen Bauch. Das fremde Feuer wütet darin. Ich beiße mir auf die Lippen, um meinen Schrei zu ersticken. Mal dort, mal im Herz, mal im Unterleib. Hin und wieder manifestierte er sich auch in meinem Kopf. Das ist bei jedem Auftrag anders.

Ich konzentriere mich auf seine Berührung, ihren zunehmenden Druck, die Wärme, die von ihr ausströmt.

»Als ich dich auffing, war ich sicher, mein Herz würde zersplittern.« Er spricht so ruhig, so besonnen, als wäre es eine Lappalie. »Ich habe die Scherben gefühlt, wie sie in mein Inneres schneiden.«

»Es tut mir leid.« Ich wusste damals nicht, was ich ihm antue. Der eigene Schmerz ist vertraut. Ein ständiger Begleiter, der einem langsam, über Jahre, den Atem abschnürt. Man ringt nach Luft, gewöhnt sich an die Qual, bis man sie kaum noch spürt.

Oder springt.

»Gleich wird es besser.« Er hockt sich über mich, beugt sich so nah zu mir, dass ich seinen Atem auf meinem Gesicht spüre. »Du musst ihn loslassen. Er gehört nicht zu dir.«

»Dann ist nichts mehr von ihm da.« Was in mir brennt, ist alles, was von dem schnauzbärtigen Mann übriggeblieben ist.

Senpai setzt sich auf meine Mitte. Er weiß, wie sehr ich seine Schwere genieße. »Du gehörst mir, Teshi.«

Seine Strenge schüchtert mich ein.

»Ich lasse nicht zu, dass du dich in fremdem Leid verlierst.«

»Nimm es mir ab.« Darum bitte ich ihn jedes Mal. Ich schäme mich wegen meiner Selbstsüchtigkeit, doch allein schaffe ich es nie.

»Mein kleiner, dummer Kōhai.«

So viel unverdiente Zärtlichkeit in der Stimme.

»Wann wirst du endlich lernen, das nichts Bestand hat? Auch nicht der Schmerz?« Er nimmt meine Handgelenke, führt sie über meinen Kopf, drückt sie ins Kissen. »Gib ihn mir.« Er legt sich auf mich. Ich stöhne vor Erleichterung. Ein sachter Kuss. Nicht mehr als ein Hauch Zuwendung. Zu wenig, um mir zu helfen, und er ist sich dessen bewusst.

Seine Zungenspitze neckt meine Lippen.

»Senpai«, flehe ich. »Bitte.« Wenn er weiß, was in mir geschieht, warum hält er mich hin? Ich genieße seinen Hang zur Grausamkeit während der Liebe, doch jetzt lässt er mich verzweifeln.

»Lerne, damit umzugehen«, wispert er.

»Nimm es mir ab!« Ich presse meinen Mund gegen seinen.

Ein tiefes Knurren dringt aus seiner Kehle. Er beißt mir in die Lippen, küsst mich so gierig, dass ich kaum atmen kann.

Ich lasse es zu. Nur ein Kuss. Ein drängender, schmerzender Kuss. Er schenkt mir mit jeder Sekunde, die verstreicht, Frieden. Der Krampf in meinem Leib löst sich, der Schmerz entweicht.

Wie von fern vernehme ich Senpais leises Stöhnen. Er nimmt mir die Last ab. Trägt sie, während er mich sanfter küsst.

Ich will die Arme um ihn schlingen. Ihm Trost schenken. Ein wenig Halt. Ihm danken, dass er mich erneut erlöst. Doch meine Gelenke klemmen in seinem Griff und er lässt sie nicht los.

Schweiß bildet sich auf seiner Stirn, tropft auf meine.

»Bitte entschuldige.« Wie oft werde ich ihn noch wegen meiner Schwäche leiden lassen?

»Es ist schon gut.« Er sinkt auf mich, atmet schwer. Endlich gibt er mich frei.

Ich halte ihn, so fest ich kann. »Danke.«

Er brummt etwas gegen meinen Hals, das alles bedeuten könnte, rollt von mir herunter. Dicht neben mir bleibt er liegen.

»Wie viele?«, frage ich in seine beginnenden Träume.

»Zehntausenddreihundertachtundsiebzig«, murmelt er.

Alle in der kurzen Spanne, während ich fort war.

Und ich klage wegen eines Einzigen.

»Zeigst du mir, wie man sich in der Zeit vor und zurückbewegt?«

»Später.«

Ich streichle ihm über die Wangen, flüstere ihm Liebesworte zu, bis er eingeschlafen ist.

Behutsam steige ich aus dem Bett, ich will ihn nicht wecken, er hat sich den Schlaf verdient.

Ein Jaguar XJ. Ich google nach dem Modell, doch keines der neueren besitzt die markante Kühlerfigur. Ich liebe die springende Raubkatze.

Getty gehören noch zwei Tage. Er war gut zu mir. Hat mir das Unerträgliche erleichtert.

Es wird mir eine Freude sein, ihm ein Geschenk zu machen.

— *Cutter* —

Kaffee. Der Duft steigt mir in die Nase, bevor ich mich dazu überwinde, die Lider zu heben.

»Guten Morgen Senpai.« Teshi hält mir eine Tasse hin. »Ich möchte einen Chauffeur. Den passenden Wagen habe ich bereits gefunden.« Er legt einen Zettel aufs Kopfkissen.

Joe Bender, eine Zahlenreihe, die einer Handynummer ähnelt, und eine Zahlenreihe mit einem Dollarzeichen dahinter. Um nicht zu husten, richte ich mich auf und nehme ihm die Tasse ab. Ich brauche einen Schluck Kaffee auf den Schreck.

»Warum einen Chauffeur?« So weit ich mich erinnere, bin ich siebenunddreißigtausend Jahre ohne ausgekommen. Vor meiner Zeit starben die Menschen unpersönlich. Der Tod besaß kein Gesicht, reichte keine Hand, teilte keine Erinnerungen und vor allem küsste er nicht. »Gib mir einen Moment, diese Zahl zu verdauen.«

»Die erste oder die zweite?«, fragt Teshi mit einem schüchternen Grinsen.

Ich strafe ihn mit einem strengen Blick, der vermutlich weniger einschüchternd als übermüdet ausfällt. Nur, weil ich in einer zukunftssicheren Branche arbeite, heißt das nicht, dass ich gut bezahlt werde. Das Leben gewährt mir Zugriff auf die Dinge, die ich benötige. Menschen erschrecken, wenn der Tod nackt und bloß vor ihnen aus dem Nichts auftaucht. Angemessen bekleidet, fällt das Entsetzen milder aus.

Psychologie ist ein hilfreiches Werkzeug in meinem Geschäft.

»Dem Boss wird meine Spesenabrechnung nicht gefallen, wenn ich ihm das hier präsentiere.« Ich halte den Zettel etwas weiter von mir weg in der Hoffnung, dass der Betrag dadurch kleiner erscheint.

»Es gibt keinen Boss.« Teshi setzt sich neben mich. »Das hast du mir selbst gesagt. Es gibt nur das Leben, den Tod und die Menschen dazwischen.«

Er hat aufgepasst.

»Wer schreibt die Listen?«

Nein, hat er nicht.

»Und wer schickt die Umschläge?«

Ich trinke einen Schluck, schiebe mich hoch bis zum Kopfende und lehne mich dagegen.

Er ist reizend in seiner Naivität. Ganz und gar Mensch. Im Laufe seiner Lehrzeit wird er diesen Zustand abstreifen.

Ein tiefes Bedauern beschwert mein Herz.

»Sie erreichen mich einen Tag vor dem Termin. Jemand muss sie mir schicken. Jemand, der den Auserwählten sehr gut kennt.«

»Der Tod, das Leben und die Menschen dazwischen.« Es ist so einfach. »Du bist der Tod, er ist der Mensch. Was bleibt übrig?«

»Das Leben.« Teshi senkt den Blick. »Dann verrät es die Menschen an uns.«

»Es trifft die Entscheidung, wann es für wen enden will. Das ist sein gutes Recht.«

»Es will für Getty enden.« Teshi schiebt den Zettel näher zu mir. »Der Wagen ist ein Geschenk für ihn. Ich habe ihn gestern getroffen.«

»Getty?« Das kann nicht sein. Jeder Sterbliche begegnet seinem Tod erst im letzten Moment.

»Er war der Taxifahrer, der mich zu meinem Termin gefahren hat.« Eine leichte Röte ziert seine Wangen. »Er war sehr freundlich, stand mir bei, als ich das Gebäude verlies und kaum einen Schritt geradeaus gehen konnte.«

Ein leiser Vorwurf klingt mit. Ich sollte ihn begleiten. Ihn anweisen, ihm Kraft schenken. Nicht danach, sondern vor Ort. Doch das ist unmöglich, schon aus physikalischen Gründen. Ein Leben, ein Mensch, ein Tod, der es ihm nimmt. Das Gleichgewicht muss gewahrt werden. Natürlich könnte ich anschließend auf ihn warten, wie es Getty getan hat. Aber das würde sein Leiden unnötig in die Länge ziehen. Je schneller er lernt, allein zu arbeiten, umso besser für ihn. Ich verwöhne ihn ohnehin über jedes Maß hinaus.

Aus reinem Egoismus. Teshi leiden zu sehen, schmerzt mich mehr als das, was ich ihm schließlich abnehme.

Er ist zu jung für diese Bürde. Ich hätte ihn in meinen Armen sterben lassen sollen. So, wie es vorgesehen war.

Der bloße Gedanke schneidet mein Herz in Stücke.

»Bitte, Senpai.« Sanft streicht er mir durchs Haar. »Es sind seine letzten Tage.«

Ich nicke und weiß im selben Moment, dass ich einen Fehler begehe.

— *Jacob Getty* —

... in seinem Büro aufgefunden worden. Zur Todesursache kann sich die Polizei noch nicht ...

»Ein Rührei, Jacob?«

Glibberige Masse rutscht auf meinen Teller.

Ich bin spät dran. Habe verschlafen. Nicht zu fassen. Das ist mir seit Ewigkeiten nicht mehr passiert. Kein Albtraum, kein nächtliches Hochschrecken. Fühle mich wie ein neuer Mensch.

... ein Aktenkoffer mit persönlichen Dingen ...

»Du hast Post.«

... es handele sich dennoch nicht um eine Mordserie. Bei keinem der insgesamt hundertneun in Amerika und Europa aufgetretenen Fälle wurde der Tod durch äußere Gewalteinwirkung verursacht. Vermutet wird eine ...

Mit Schwung landet ein Berg Bratkartoffeln neben dem Ei.

... Folge von Nachahmungstätern.

»Ein Umschlag. Es klimpert, wenn man ihn schüttelt.«

... Selbstmordserie mithilfe einer bisher unbekannten, giftigen Substanz. Auffällig ist das Fehlen von Abschiedsbriefen ...

»Dieses Mal ist es ein Professor.« Seufzend schaltet Nelly das Radio ab. »Der letzte war ein Kellner in Los Angeles.«

»Dem Tod ist egal, was du bist.« Ich schließe die Augen, während ich eine Portion Eierpampe auf die Gabel häufe. Dass es zwischen trockenbacken und halb roh diverse Übergangsstufen speziell für Eierspeisen gibt, ignoriert Nelly.

Unzählige Andeutungen meinerseits, die hin und wieder in versteckten Drohungen münden, überhört sie ebenso konsequent.

»Soll ich morgen für uns kochen?« Ganz profan. Steak, Salat, Kartoffelbrei. Vielleicht noch einen Nachtisch. Muss aber nicht.

»Nein, lass nur Junge, ich mach das doch gern.«

Schade.

»Hier.« Neben dem Teller landet ein Briefumschlag. Recht dick um die Mitte.

»Wer hat ihn abgegeben?« Mit schwungvoller, ästhetisch äußerst ansprechender Handschrift steht mein Name auf der Vorderseite. Mehr nicht. Auch auf der Rückseite findet sich kein Absender.

»Keine Ahnung. Er lag im Briefkasten. Denkst du, es ist ein Anschlag?« Ihrer Miene ist nicht anzusehen, ob sie mich auf den Arm nimmt oder die Frage ernst meint.

Ich reiße den Umschlag auf. Immerhin tickt er nicht.

Zwei Dinge fallen heraus. Ein Autoschlüssel und eine Visitenkarte. Kein Funkschlüssel, sondern einer mit Schlüsselbart. Auf der Karte stehen ein Name und eine Handynummer. Keine Anschrift, keine Emailadresse, keine Homepage. Und ob es sich bei dem Wort um einen Namen handelt, ist lediglich eine Vermutung. Es wäre naheliegend für eine Visitenkarte. Jedoch fehlen ein Mr. oder eine Mrs. davor. Von einem Vor- oder Nachnamen, je nachdem, was fehlt, ganz zu schweigen.

Teshi. Sagt mir nichts. Wer immer es ist, erwartet aller Wahrscheinlichkeit nach einen Anruf von mir.

Ich tippe die Nummer.

Nur die Mailbox springt an. Mir zu lästig, einen Spruch aufzusagen.

Ein Schlüssel macht ohne das dazu passende Auto keinen Sinn. Wer ist so verrückt, einem Fremden eines zu schenken? Meine Grübeleien bringen mich zwar nicht weiter, lenken mich allerdings von dem missratenen Essen ab. Ehe ich mich versehe, ist der Teller leer.

Nelly droht mit einem Nachschlag, den ich mit mehr oder weniger glaubhaften Beteuerungen, satt zu sein, abwehre. Um meine Aussage zu untermauern, schnappe ich mir die Zigarettenschachtel.

»Ich bin gleich wieder da.« Nelly duldet eine Menge aber keinen Rauch in ihrer Wohnung.

Warum ich auch den Schlüssel einstecke, weiß ich nicht.

Im Flur hänge ich mir die Jacke über, kontrolliere, ob ich ein Feuerzeug in der Tasche habe und stelle mich eisiger Winterluft. Sie beißt mir in die Nase beim Einatmen. Ich muss grinsen, während ich mir die Zigarette anzünde und mich frage, wer oder was Teshi ist. Wie kommt jemand darauf, mir einen …

Ein Jaguar XJ. Direkt vor dem Haus. Ein älterer Jahrgang. Aus den Neunzigern? Bildschön. Schwarz. Mit dieser netten, kleinen, springenden Raubkatze auf der Kühlerhaube. Die neuen Modelle sparen sich diesen Zierrat.

Ich liebe ihn.

Mein Herz schlägt sauber am Takt vorbei, während ich behutsam den Lack berühre. Auf Hochglanz poliert. Ein Liebhaberstück. Ich gehe um den Wagen. Verrückte Idee, den Schlüssel auszuprobieren.

Er passt.

Beige Ledersitze. Minimale Abnutzungszeichen. Runde, in Wurzelholz eingelassene Armaturen.

»Wer, zur Hölle, ist Teshi?«

»Ich.«

Gütiger! Beim Zusammenzucken stoße ich mir den Kopf am Holm.

Der Asiate steht keine zwei Meter von mir entfernt, ein feines Lächeln auf den Lippen.

Hat er sich aus dem Nichts gebeamt? Ich bin aufmerksam. Ich merke, wenn sich jemand anschleicht. Gleichgültig, welches Leckerchen man mir vor die Nase hängt.

Er sieht gut aus. Längst nicht so blass wie gestern Nacht.

Der schwarze Mantel ist eng geschnitten und betont die schmalen Hüften. Ein Kaschmirschal schlingt sich um den Hals, umschmeichelt das Kinn.

»Ich hoffe, der Wagen erfüllt Ihre Wünsche, Mr. Getty. Ich war so frei mich für ein älteres Modell zu entscheiden.«

»Kein Problem.« Will er mir den schenken? Will er mich damit erpressen? Kaufen? Nur zu.

Er schlendert an mir vorbei, stellt sich vor die Kühlerhaube. Die Kuppe seines Zeigefingers streicht über den silbernen Jaguarkopf.

Er senkt ein wenig die Lider, nimmt mich ein paar Sekunden zu lange in Augenschein.

Ein Flirt?

»Wozu der Wagen, Mr. Teshi?«

»Nur Teshi.« Er deutet eine Verbeugung an.

»Ihr Vorname?« Ich habe ihn schon wegen der exquisiten Garderobe, für formeller gehalten. »Freut mich, Teshi. Ich bin Jacob Getty.« Was er bereits weiß. Dennoch strecke ich ihm die Hand hin.

Er ergreift sie zögernd, aber mit einem freundlichen Lächeln. »Ich benötige einen Fahrer«, sagt er, während sich seine schlanken Finger warm um meine schließen. »Heute habe ich noch einen dringenden Termin in dieser Stadt. Morgen um diese Zeit befinde ich mich jedoch auf dem Weg nach Paris.«

Er weicht meinem Blick aus. Das Lächeln tauscht den Platz mit einer zu tiefst ernsten Miene.

Auf die Reise scheint er sich nicht zu freuen.

»Eine üppige Leihgabe für einen Ein-Tages-Chauffeur.« Ich fühle mich geschmeichelt.

»Nein.« Er hält meine Hand fest. »Ich möchte, dass Sie für mich arbeiten. Auch in Frankreich. Ich werde dort selbstverständlich einen angemessenen Ersatz für diesen Wagen finden.«

Einen Augenblick fehlen mir die Worte. »Sie wollen, dass ich Sie nach Paris begleite?«

Er nickt.

»Als Ihr Chauffeur?« Er muss mich für begriffsstutzig halten. »Warum?«

»Sie sind ein sehr guter Fahrer.«

»Die gibt es überall.« Keinen Schimmer, weshalb ich mich wie eine alte Jungfer ziere. Er will, dass ich für ihn arbeite.

Als Chauffeur. Das entspricht exakt meinem Traum. Er bläht sich auf, schillert, schwebt nah vor meine Nase – und platzt. Ich kann die Seife auf der Zunge schmecken. »Danke für das Angebot, doch ich befürchte, Sie werden es zurücknehmen, sobald Sie erfahren haben …«

»Nein.« Er zieht mich nah an sich heran. Ich spüre die Wärme seines Gesichtes an der Wange. »Es war richtig«, flüstert er mir ins Ohr. »Und das Letzte, was mich interessiert, sind Urteile Weniger über Einzelne.«

Mir wird heiß. Tief von innen heraus.

»Ich liebe Sand.« Er neigt den Kopf, mustert mich erneut. »Er ist gnädig wie Schnee. Er verdeckt das Unabänderliche.«

»Spielen Sie auf etwas Bestimmtes an?« Der Kerl weiß etwas von mir. Ich will wissen, was es ist.

»Ich spiele nie.« In seinem Blick liegt aufrichtiges Bedauern. »Meine Geschäfte erfordern ein Höchstmaß an Seriosität. Was mich wiederum zu Ihnen geführt hat, Getty.«

»Es war ein Zufall. Das Sheraton lag auf dem Weg.«

»Arbeiten Sie für mich.«

»Ich habe bereits einen Job.« Bin ich krank? »Ich fahre Taxi.«

Sacht legt sich sein Daumen auf meine Lippen.

Die Gedanken, mich wegzudrehen, ihm eine passende Antwort entgegenzuschleudern, oder nur diesen verdammten, zärtlichen Daumen, der sanft über meinen Mund streicht, wegzuschlagen, erscheinen bloß flüchtig am Rand meines Bewusstseins.

Ich lasse es geschehen. Ohne die geringste Gegenwehr.

»Sie wollen den Job, Getty.«

»Was soll das?« Beim Sprechen spüre ich seine Berührung noch intensiver. »Sie wissen zu wenig von mir, um mir einen derart verantwortungsvollen Posten anzubieten. Immerhin legen Sie Ihr Leben in meine Hände.«

»Und Sie legen Ihres in meine.«

»Ich dachte, ich sitze hinter dem Steuer?« Der Typ dreht unrund. Die Frage ist, ob auf eine exaltierte oder eine psychopathische Weise. Mit Variante eins käme ich unter Umständen klar.

»Werden Sie mein Chauffeur und ich verspreche, Sie niemals zu küssen.« Er sieht mir mit einer Sehnsucht auf den Mund, dass mir ganz anders wird. »Aber nur, wenn Sie für mich arbeiten.«

»Woher wissen Sie, dass ich mich nicht küssen lasse?« Der Kerl wird mir unheimlich.

»Sie lassen sich nicht küssen?« Er runzelt die Stirn, nimmt seinen Daumen von meinen Lippen. »Warum nicht?«

»Ist eine komplizierte Geschichte.«

»Nein, eine traurige.« Es liegt so viel Mitgefühl in seinem Lächeln. »Deine Augen verraten es mir.«

»Meine Augen verraten gar nichts.« Seit wann duzen wir uns?

»Sie verraten alles.« Sein Blick heftet sich auf meinen Mund.

So begehrend bin ich noch nie angesehen worden. Ich hätte es niemals vergessen.

Für einen Moment verzerrt sich die Realität zu etwas vollkommen Fremden.

Instinktiv weiche ich einen Schritt zurück.

Teshi folgt mir. »Es ist dir nicht möglich, aus meinem Wirkungskreis herauszutreten. Lehnst du mein Angebot ab, werden sich unsere Wege sehr bald erneut kreuzen. Mir wird nichts anderes übrig bleiben, als dich zu küssen, und es gibt nichts, was wir beide dagegen tun könnten.«

»Dich erschießen?« Schwachsinn. Es ist mir rausgerutscht. Zu viel Adrenalin. Die Situation ist krank. Ich komme nicht klar damit. Mein Herz beginnt zu rasen, meine Hände flattern. Was ist mit mir los? Ich war nie eine Mimose. Keinen Schimmer, warum mir der Kerl mit seinem Gerede dermaßen zusetzt.

Ich werfe ihm den Schlüssel zu. »Auf Wiedersehen, Sir. Und danke für das großzügige Angebot.« Ich schnippe die Zigarette weg, gehe zurück ins Haus. Kaum fällt die Tür ins Schloss, lehne ich mich dagegen. Ich bin ein Idiot. Wie kann ich den Job meines Lebens ausschlagen?

Weil mich mein Instinkt warnt. An der Geschichte ist etwas faul. Sie ist zu verlockend. Zumindest für jemanden wie mich. Hat Teshi einen Narren an mir gefressen?

Will er mich einfach nur um sich haben und nutzt den Job als Ausrede? Er hätte mich daten können. Ich hätte mich sofort darauf eingelassen.

Ist ihm wahrscheinlich zu profan.

Sein Blick. Wie er an meinen Lippen haftete. Ich fahre mit der Zunge darüber, bilde mir Teshis Geschmack ein.

Auf der Straße ist es zu still. Kein Motorengeräusch. Weshalb fährt er nicht weg? Sprinte nach oben in die Wohnung, eile zum Wohnzimmerfenster.

Der Jaguar steht immer noch vor dem Haus.

Von Teshi keine Spur.

– *Cutter* –

Teshi fühlt für diesen Mann. Wie er ihm nachblickt, wie die Sorge um ihn seine Miene verdunkelt.

Getty hat das Geschenk abgelehnt. Er ist verwirrt. Auch das sehe ich. Doch da ist mehr. Er ist ebenso wenig blind für Teshis Charme wie ich. Die leichte Röte auf seinen Wangen rührt nicht von seinem Zorn. Sie entspringt seiner Lust, Teshis schlanken Körper unter seinem zu spüren.

Bevor mein vernarrter Kōhai mich erreicht, verberge ich mich tiefer in den Schatten außerhalb des Hier und Jetzt. Ich konzentriere mich zu sehr auf ihn und seine Bedürfnisse. Vernachlässige meine Arbeit, um sie reumütig und in selbst für mich zu großen Happen nachzuholen. Wie ein verrückt gewordenes Kaninchen springe ich in der Zeit hin und her, nehme

Leben, lasse mich mit verlorenen Wünschen und unerfüllten Hoffnungen mästen.

Ich bin müde und sehne Teshis letztes Lehrjahr entgegen. Wenn er mir eine echte Hilfe ist, wenn er einen Teil meiner Last auf seine Schultern lädt.

Ich denke wie ein alter Mann.

Ich bin ein steinalter Tod.

Nur für mich, nicht für die Menschen, denen ich begegne. Für sie bin ich brandneu, nie zuvor da gewesen, eine erschütternde Erfahrung am Ende ihres Weges, die erst während des Kusses zu einem Geschenk wird.

Eine Frau in einem Bett. Die Wangen hohl, die Lippen spröde.

Das Bild streift mich, erinnert mich an meine Pflicht. Die Schläuche in ihr degradieren sie zu einer Marionette, dabei war sie eine Tänzerin gewesen. Nicht auf der Bühne, sondern in ihrem gesamten Leben. Hinter ihrer Stirn sind so viele Erinnerungen lebendig, dass ich mit leeren Händen an ihr Bett treten könnte. Sie würde es mir verzeihen.

Ich greife dennoch nach dem Aktenkoffer. Er wiegt schwer vor Wundervollem. Das Bittere hat sie längst aussortiert. Sie gehört zu den Menschen, die solche Dinge nicht ihrem Tod überlassen.

Jemand, der von ganzem Herzen seine Tage in der Zeit geliebt hat, fällt es leichter, loszulassen.

Ich benötige für die über siebentausend Kilometer lange Reise nur die Dauer eines Wimpernschlages.

Sie blickt mir entgegen, kaum dass ich den Schleier zwischen uns beiseitegeschoben habe. Die Menschen an ihrem Bett stören weder sie noch mich. Ich setzte mich zu ihr auf die Kante, weiß, dass nur sie mich sieht. Auf ihrer Decke breite ich die Dinge aus, die ihr am Herzen liegen und betrachten sie eine Weile. Immer wieder huscht ein Lächeln über ihr blasses Gesicht.

»Es war schön«, sagt sie und greift nach meiner Hand. Sie hört nicht das besorgte Murmeln, das sie damit bei den anderen auslöst. Vielleicht ist es ihr auch gleichgültig. Wir beide haben einen wichtigen Termin. Den wichtigsten, ihres Lebens. Das ist ihr bewusst und sie lässt sich nicht ablenken.

Ich neige mich zu ihr, nehme den zerbrechlichen Körper in den Arm.

Sie kostet von meinen Lippen, lächelt erneut.

»Geliebter des letzten Moments.« Ihre Wangen röten sich wie die eines jungen Mädchens. Ein Strahlen tritt in ihre Augen, das sich über ihr Gesicht ausbreitet. »Das glaubt mir niemand, wen ich hier küsse.«

Das Gemurmel, das leise Nasehochziehen der anderen überhören wir beide. Ich streichle über ihren spröden Mund, der unter meiner Fingerkuppe geschmeidig und warm wird.

»Dieses Mal richtig?«

Sie weiß, dass sich hinter meiner Frage eine Aufforderung für ein endgültiges Rendezvous verbirgt.

»Ich wollte nur probieren, ob du mir schmeckst.« Die Röte ihrer Wangen nimmt zu. Wir müssen beide lächeln, und das Schniefen und Murmeln um uns her verstummt.

Sie kommt mir entgegen. Nicht verzweifelt wie Teshi, sondern neugierig.

»Willst du mir etwas anvertrauen?«, flüstere ich in den Kuss. »Etwas, das du nicht mitnehmen willst?«

Sie schüttelt leicht den Kopf, greift mir ins Haar und liebkost innig meine Lippen.

– *Jacob Getty* –

Wie wundgeschossen tigere ich in der Wohnung umher, falle Nelly auf die Nerven, mir selbst ohnehin. Nachdem ich freiwillig einkaufen gegangen bin, habe ich eine Runde im Park gedreht, bin am Seeufer entlanggejoggt, habe meinen Kaugummi ins Wasser gespuckt und dabei aus Versehen eine Ente gefüttert. Nelly hat mir einen Vogel gezeigt, bei der Kälte draußen Sport zu treiben. Minus zwölf Grad bedeuten Eistapfen an den Nasenhaaren.

Der Jaguar steht noch vor dem Haus. Bringt mir nicht wirklich etwas, so ohne Schlüssel.

Ich zünde mir eine Zigarette an, klettere aus dem Fenster meines Zimmers auf die Feuerleiter. Die Glut schimmert in der Nacht.

Teshi geht mir nicht aus dem Sinn. Ständig sehe ich das schmale Gesicht vor mir. Wie er mich ansieht, wie er lächelt.

Ich weiß nach wie vor nicht, was mich an seinem Angebot dermaßen erschüttert hat.

Ich bin regelrecht vor ihm geflohen.

Kurz vor elf. Teshis Termin beginnt um Mitternacht.

Soll er sich ein Taxi nehmen. Davon gibt es genug.

Auf dem Tisch liegt die Visitenkarte. Selbst von hier draußen erkenne ich sie.

Ich will ihn anrufen. Weshalb? Die Dinge sind geklärt. Nein, sind sie nicht. Dieses verdammte Auto steht hier herum. Na und? Was interessiert es mich? Es ist seins. Er kann damit machen, was er will. Meinetwegen es auch sinnlos in der Gegend herumstehen lassen.

Ein fantastischer Wagen. Er hat ihn nur für mich gekauft.

Ich schlage mir vor die Stirn. Mir neu, dass ich unter Größenwahn leide. Er hat mich geduzt und trotzdem bei meinem Nachnamen genannt. Wie viel hat er für den Jaguar hingeblättert? Er scheint es locker sitzen zu haben. Dennoch steht ihm niemand zur Seite, wenn es ihm schlecht geht.

Wieso habe ich nein gesagt? Was sollten die Anspielungen? Was habe ich angeblich richtig gemacht? Nicht auf Nuri zu schießen? Woher, verdammt, kennt Teshi meine Akte? Sind die Dinger nicht unter Verschluss?

Sein Daumen auf meiner Lippe. Entweder ist Teshis Sonar sehr fein justiert, oder er hat diese Information meines Privatlebens ebenfalls irgendwoher gezerrt.

Ich verheimliche nicht, dass mir Frauen nichts bedeuten. Allerdings hänge ich es auch nicht an die große Glocke. Die *Don't ask, don't tell*-Regel ist mir in Fleisch und Blut übergegangen.

Teshi. Sein fein geschnittenes Gesicht. Die lange vor der Zeit ergrauten Haare. Mich interessiert der Grund. Eine Krankheit? Sorgen? Ein Gendefekt?

Eine Krankheit. Daher der Termin im medizinischen Institut.

Mitten in der Nacht.

Ungewöhnlich. Es muss sehr dringend gewesen sein. Was für eine jämmerliche Therapie, bei der es einem nachher grässlicher als vorher geht.

Medizinische Unterlagen, vielleicht auch Blut- und Gewebeproben. Deshalb der Aktenkoffer. Er hat ihn gleich seinem behandelnden Arzt überlassen.

Das Institut ist kein Krankenhaus, sondern eine Forschungseinrichtung. Oder beides? Was ist, wenn Teshi heute einen ähnlichen Termin vor sich hat? Vermutlich fühlt er sich danach wieder schwach und elend.

Er will in dieser Verfassung keinen Fremden um sich haben. Mich kennt er bereits. Ist das der Grund für sein Jobangebot?

Der Kerl hat mir einen Jaguar vor die Tür gestellt.

Er ist verrückt.

Oder bis über beide Ohren in mich verschossen und nebenbei Millionär. Statt Blumen für die vermeintliche Dame gibt es eine Limousine. Ich hätte ihm vorhin sagen sollen, dass ich der Herr bin. Immer und in jedem Fall.

Ich entlasse den Rauch zwischen meinen Lippen, sehe ihm dabei zu, wie er sich auflöst.

Gestern Nacht hätte Teshi ohne meine Hilfe kaum die Eingangstreppe bewältigen können.

Vor dem Hotel hat er sich zusammengerissen. Blass war er dennoch gewesen.

Es ist nur eine Fahrt. Ich breche mir mit diesem Freundschaftsdienst keinen Zacken aus der Krone.

Ein Freundschaftsdienst für einen Fremden.

Ich bin ebenso durchgeknallt wie er.

Die Zigarette fliegt in die Dunkelheit und ich steige zurück ins Warme. Noch bevor ich das Fenster schließe, tippe ich die Nummer.

»Ja?«, meldet sich Teshi verhalten.

»Ich bin's. Getty.«

Einen Moment herrscht Stille.

Hat er sich einen anderen Chauffeur organisiert?

»Wirst du mich fahren?«, fragt er nach einer Weile.

»Ja. Aber ich brauche den Schlüssel. Schick meinetwegen einen Boten oder nimm dir ein Taxi bis zu mir.« Was für ein komplizierter Mist.

»Er ist im Briefkasten.«

Ich bilde mir ein, dass er grinst. »Woher wusstest du, dass ich nachgebe?« Ein altmodisches Telefon wäre schön. Dann könnte ich den Hörer aufknallen.

»Ich wusste es nicht.«

»Und was soll das mit dem Schlüssel?«

»Der Jaguar ist für dich. Mit dem Job hat er nur indirekt zu tun.«

»Das heißt, ich darf ihn auch behalten, wenn ich nicht für dich arbeite?«

»Selbstverständlich.«

»Danke.« Mir fällt nichts Klügeres ein.

»Getty?«

»Ja?«

»Ist das eine Zusage für heute Nacht oder auch für die kommende?«

Die Reise nach Paris. Richtig, er hatte davon gesprochen. »Miete mir eine Garage für die Karre. Ich will ihn sicher unterstellen, während ich mir den Eiffelturm ansehe.«

Erneut herrscht Stille.

»Teshi? Alles klar?«

»Danke, dass du mein Angebot annimmst.« Es klingt verhalten, dennoch erleichtert.

»Kein Ding. Bin gleich bei dir.«

Ich beende das Gespräch mit dem untrüglichen Gefühl, in eine Falle getappt zu sein. Trotzdem pfeife ich *Born in the U.S.A.,* während ich meine Jacke anziehe und die Treppe hinuntersprinte.

Was erwarte ich von Teshi? Nervenkitzel? Gutes Geld für einen guten Job? Sex? Der Gedanke lässt mich grinsen.

Ich kenne ihn nicht. Weiß nichts von ihm. Nicht einmal seinen vollständigen Namen. Fängt er mich mit seiner Zutraulichkeit oder seiner Beharrlichkeit? Fesselt mich sein Charme oder seine Großzügigkeit?

Ich nehme den Schlüssel aus dem Briefkasten, werfe ihn hoch, fange ihn auf. »Du tappst mit offenen Augen in den Hinterhalt, Getty.« Ist mir bewusst. Statt Deckung zu suchen und mich bei Gelegenheit aus dem Staub zu machen, starte ich den Motor, lausche dem zweitschönsten Geräusch auf dieser Welt, und fahre zu meinem neuen Arbeitgeber.

– *Cutter* –

»Du willst ihn verschonen?« Ich gebe dem Barkeeper ein Zeichen, dass er mir einen weiteren Martini bringen soll. »Mir fehlt heute der Sinn für deine Scherze.«

»Leiser«, zischt Teshi nervös. »Die Leute sehen zu uns.«

»Weil du in einem Kimono in der Hotelbar sitzt.« Er steht ihm ausgezeichnet. Ein Geschenk zum Abschluss seines ersten Lehrjahres. Zwar liegen noch zwei Prüfungen vor ihm, doch ich wollte Teshi schon jetzt in dieser exquisiten Garderobe betrachten dürfen.

Alles was er ist, jedes Detail seiner Schönheit, wird durch den schwarzen Seidenstoff betont.

Ich sehne mich danach, ihn aus den Stoffschichten zu wickeln und unendlich langsam zu verführen.

»Senpai, es ist mir ernst.« Er legt seine Hand auf meine, was dem Barkeeper lediglich ein Brauenzucken wert ist. »Ich will ihn behalten. So wie du mich behalten hast.«

»Wozu?« Ich fühle einen Stich in der Brust. Teshi fehlt etwas an meiner Seite. Etwas, das ich ihm niemals geben kann.

Normalität.

Sein Blick gibt mir Recht.

Mir stehen Gefühle wie Eifersucht nicht zu. Letztendlich bekomme ich jeden. Teshi, Getty, Nuri. Doch Teshi will ich auf eine andere Weise.

»Es ist nicht möglich.« Ich stürze den Martini hinunter, um Teshi nicht in die Augen sehen zu müssen.

»Bei mir war es möglich!«

»Du vergisst dich, Kōhai.« Ich muss mich beherrschen, um ruhig zu bleiben. »Es gibt Dinge, die entscheiden weder du noch ich. Sie geschehen, weil sie geschehen sollen. Manchmal stolpern sie aus ihrer Bestimmung, weil ein verliebter Marine seine Pflicht vergisst oder ein Hund zur falschen Zeit über die Straße rennt. Diese Missgeschicke regulieren sich jedoch von selbst. Es ist nur eine Frage der Zeit.«

»Die es nicht gibt.«

»Was die Menschen erstens nicht wissen und zweitens nie glauben würden. Also fügen sie sich dem, was sie für unabänderlich halten.«

»Sehen Sie das hier?« Der Barkeeper stützt sich auf die Ellbogen, tippt mit dem Zeigefinger gegen seine formvollendeten Tränensäcke. »Sagen Sie mir nicht, es gäbe keine Zeit.«

Mir ist danach, entweder seine oder meine Stirn auf den Tresen zu schlagen. »Möchtest du ihn ficken?«, frage ich stattdessen und vergesse, mich rechtzeitig und vor allem eindeutig Teshi zuzuwenden.

Meine Nachlässigkeit bringt mir zwei erschütterte Blicke ein. Der eine gehört zu dem Mann mit den Tränensacken und lässt mich kalt, der andere stammt von Teshi.

»Du hast noch nie auf diese Weise mit mir geredet.« Er zieht die Hand zurück, nimmt ihre Wärme mit sich.

Ich könnte ihn verlieren. An den smarten Marine, dessen selbstsicheres Lächeln, die unkomplizierte Art, die Dinge für sich zu regeln.

Vor der Körperlichkeit fürchte ich mich nicht. Teshi als Zuschauer zu betrachten, während er sich einem anderen hingibt, wäre mir ein Genuss. Doch Getty könnte ihn mir wegnehmen. Durch seinen Tod. Teshi wird mir niemals verzeihen, wenn ich das Unabänderliche zulasse.

Der Gedanke umschließt mein Herz, drückt es zusammen.

Zwei Ausnahmen, um der Einsamkeit ein wenig zu entkommen. Mehr nicht. Eine davon ist der Mann vor mir, der dabei ist, sich von mir zu entfernen. Mir ist bewusst, dass mich Teshi selbst ohne Konkurrenten nicht bis in die Ewigkeit begleitet hätte. Dafür wurde er nicht erschaffen. Lediglich einen Teil meines Weges hätten wir gemeinsam beschritten bis zu dem Punkt, an dem ich ihn erneut unter die Meiko-Higashi-Brücke legen werde. Ihm wäre die Reise mit mir endlos erschienen. Für mich wäre sie eine kostbare Episode meines Daseins gewesen.

»Du kannst ihn nicht küssen, wenn du dich von ihm lieben lässt.« Keine Ahnung, warum ich ihm diese Grobheit auch noch zumute. »Der Einzige, der deinen Mund unbeschadet kosten darf, bin ich.«

»Ich weiß.« Teshi fährt sich mit der Zungenspitze schüchtern über die Lippen. »Ich verlange von dir nicht, dass du ihn verschonst. Ich bitte dich nur um einige Jahre. Lass ihn alt werden, schicke mich zu ihm, wenn er hundert ist.«

»Und so lange willst du ihn zum Geliebten?« Mich stören die Scharten nicht, die das Leben in die Körper der Menschen schlägt. Doch ich bezweifle, dass Teshi schon so weit ist.

»Ich möchte, dass er glücklich ist und es ihm gut geht.« Erneut schlingen sich Teshis Finger in meine. »Und ich will, dass du dabei bist, wenn er mich nimmt.« Er führt meine Hand zwischen seine Beine, lässt mich die Wirkung dieses Gedankens fühlen.

Mein verruchter, kleiner Kōhai. Seine Lust zuckt bereits unter meinem Griff.

Mit einer winzigen Geste locke ich ihn in den Raum jenseits der Zeit. Der Barkeeper gefriert in seiner Bewegung, ebenso wie die anderen Gäste.

»Wie du wünschst.« Ich reibe Teshi so grob ich kann. Seine Unverfrorenheit verdient es, bestraft zu werden, auch wenn er sie insgeheim genießt. »Spiele mit Getty. Doch du wirst es in meinen Armen tun.« Meine Wut, die Enttäuschung, die ich nicht verheimlichen will, die Erregung, die Besitz von mir ergreift. Alles mute ich Teshis empfindlichstem Organ zu.

Er keucht erschrocken, versucht, zurück zu flüchten. Der Tresen stoppt ihn. Er klammert sich daran, findet jedoch nicht genug Halt, um mir zu widerstehen.

Ich packe ihn an der Kehle, verschlinge seinen Mund. Das er dabei wimmert, schürt mein Verlangen.

Teshi bebt unter meiner Wucht.

Ich ersticke seinen Schrei mit einem tiefen Kuss, während der Stoff in seinem Schritt feucht wird.

Teshi sackt vor mir zusammen, ringt nach Atem.

Ich lasse es geschehen. »Du wirst die Verantwortung für Getty tragen. Bis zum letzten Moment.« Ich lausche der Kälte in meiner Stimme, verdamme mich dafür.

»Einen schwarzen Anzug.« Er tastet nach meiner Hand, zieht sich an mir hinauf. »Und weiße Handschuhe. Wie in amerikanischen Filmen.« Er lehnt sich schwer gegen mich.

Ich spüre sein Herz schlagen. Hart und schnell.

»Du bist unglaublich.« Ich kann nicht anders, als meinen Arm um ihn zu legen. »Darf es auch eine Chauffeurskappe sein?«

Teshi nickt an meiner Schulter.

Offensichtlich ist ihm der Scherz entgangen.

Ich bin noch nie zwischen den Zeiten gereist, um das Kostüm für einen Clown zu besorgen.

– Jacob Getty –

Ein cooles Ding, nicht mit einem schäbigen Taxi, sondern diesem Schätzchen vor dem Sheraton zu parken. Ein Page kommt mir entgegen. »Darf ich den Wagen für Sie …«

»Nein. Ich fahre gleich weiter.« Kann mir das Grinsen nicht verkneifen. Es wird sich schnell genug herausstellen, dass ich ebenso ein Dienstleister bin, wie er.

»Guten Abend«, begrüße ich die Dame am Empfang. »Sagen Sie bitte Teshi Bescheid, dass sein Chauffeur angekommen ist.«

Sie runzelt die heftig gepuderte Stirn. »Ihr Name?«

»Jacob Getty.« Aus Gewohnheit zeige ich ihr meine Fahrlizenz.

»*Mr.* Teshi erwartet Sie bereits, Sir. Zimmer …«

»511. Ich weiß.«

Sie reicht mir eine Schlüsselkarte. »Hiermit können Sie den Fahrstuhl freischalten.«

»Alles klar.« Ich schnappe mir das Plastikding, ertrage ein paar Atemzüge lang *Winter wonderland* im Aufzug, und stehe schließlich nach wenigen Schritten vor Zimmer 511. Gibt es hier kein Penthouse? Ich hätte es Teshi zugetraut.

Auf mein Klopfen hin öffnet mir ein Mann in dunklem Anzug und weißem Hemd die Tür. Blonde Haare mit einem Touch ins Rote, die Schläfen sind ergraut.

Er ist barfuß. Wirkt leger in Verbindung mit dem edlen Tuch. Ich schätze ihn auf knappe, extrem gut gehaltene fünfzig.

»Getty«, stellt er mit durchaus sympathischem Timbre fest, als würde er mich seit Jahr und Tag kennen. »Jacob Getty.«

Er macht was her. Strenggenommen ist er sogar attraktiv.

Jedoch auf eine beinahe unheimliche Weise.

Ein Gesicht so alt wie die Zeit, dabei weist es kaum Falten auf. Das Alter steckt unter der Haut, liegt in der Tiefe des Blicks, der mich aufmerksam doch gänzlich gelassen betrachtet. Zeitlos. Immer da gewesen. In Geschichten versteckt, in Flüche gebannt, auf längst eingerissenen Pergamenten verewigt.

Bullshit. Was zum Teufel denke ich da?

Meine Kehle ist trocken.

Ich nicke, reiche ihm die Hand, die er allerdings übersieht.

Arrogantes Arschloch.

»Dein Chauffeur ist da«, ruft er über die Schulter.

Teshi taucht hinter ihm auf. In einem Kimono. Schwarz, ohne den geringsten Schmuck.

Seine Haare fallen offen über den Rücken. Sein Hals wirkt sehr schlank, ohne schützenden Hemdkragen oder Schal. Blass reckt er sich aus dem dunklen Stoff.

Ich muss schlucken.

Teshi sieht fantastisch aus.

Der Rotblonde tritt zurück, bittet mich mit einer Geste ins Zimmer.

Ich nicke ihm zu, kann meine Augen jedoch nicht von Teshi nehmen.

»Eine gute Wahl«, sagt er zu ihm und scheint mich damit zu meinen.

»Die beste«, antwortet mein neuer Boss und ein Lächeln verwandelt sein Gesicht in etwas Bezauberndes. »Ich habe etwas für dich.« Er weist auf das Doppelbett.

Ein schwarzer, sehr edel wirkender Anzug, weiße Handschuhe und eine klassische Chauffeursmütze. So eine mit Schild vorne.

»Anzug und Handschuhe, kein Problem. Aber die Mütze? Niemals.«

Der Kerl mit bloßen Füßen wechselt mit Teshi einen Blick, zieht die Brauen hoch.

Teshi beißt sich mit einem definitiv koketten Lächeln auf die Lippen und zuckt die Schulter.

Was mich mehr irritiert als Teshis Kliescheverliebtheit bezüglich der Kappe, ist die Tatsache, dass er sich das Zimmer mit diesem Kerl teilt. Oder ist der ebenfalls nur vorbeigekommen? So wie ich und wohnt nebenan?

Er geht zum Schrank, nimmt sich schwarze Socken heraus und setzt sich auf einen der Sessel am Fenster.

Er wohnt hier. Mit Teshi. Was heißt: Beide teilen sich das Doppelbett.

Während sich der Kerl die Socken anzieht und sich anschließend seufzend zurücklehnt, breitet sich eine massive Enttäuschung in mir aus.

Der Kerl ist mir unsympathisch. Von jetzt auf gleich.

»Sie sind Uniformen gewohnt, Getty.« Lässig schlägt er ein Bein über das andere. »Wo liegt das Problem?«

»Woher wissen Sie, dass ich beim Militär war?« Verdammt! Was läuft hier?

»Ich weiß eine Menge über Sie, Getty, aber das tut nichts zur Sache. Ich bitte Sie, Teshi nach besten Kräften bei seiner Arbeit zu unterstützten und dazu gehört auch die Chauffeurskappe.«

»Ich mach mich mit dem Ding nicht zum Deppen.«

»Sie sind kein Depp, Getty. Sie sind der Held in unserer Geschichte und das meine ich todernst.«

Der verarscht mich doch. »Wenn ich Teshi unterstützen soll, will ich wissen, wobei.« So sexy er ist, mit einem Drogendealer oder Mädchenhändler werde ich meine Zeit nicht verschwenden.

»Sie fragen nach seiner Branche?« Der Kerl schürzt die Lippen. »Nichts Illegales. Ganz und gar nicht.«

»*Was* arbeitet er?«

Er faltet die Hände vor dem Bauch, neigt den Kopf. »Sie sind hartnäckig, Getty. Dieser Charakterzug an Ihnen ist mir bisher entgangen.«

»Sie kennen mich nicht. Was wissen Sie von meinem Charakter?«

»Dass er gut ist.«

Das kommt so spontan, dass es mir die Sprache verschlägt.

»Sonst würde ich nicht mit Ihnen meine Zeit verschwenden.« Er lacht und wirkt plötzlich so jung, wie gerade der High School entkommen.

»Was ist so witzig?« Langsam aber sicher steigt Wut in mir hoch. Dieser Mistkerl sonnt sich in seiner Arroganz.

»Grämen Sie sich nicht«, plaudert er freundlich. »Den Witz verstehen nur wenige.« Seine Daumen beginnen, sich umeinander zu drehen. »Das *Was* ist nicht von Belang. Nicht für Sie.« Sein Blick schweift zu Teshi, dessen Lächeln verschwindet. »Im Moment zumindest.«

Teshi senkt die Lider, schluckt.

Er hat Angst.

Vor dem Sockenfreak? Vor seinem Job?

»Hier ist der Arbeitsvertrag.« Nachlässig blättert Mr. Arschloch in einem Papierstapel, dem er jedoch nur einen Bogen entnimmt. »Unterzeichnen Sie ihn hiermit.« Mit der einen Hand reicht er mir den Vertrag, mit der anderen einen Füllfederhalter.

»Aber lesen darf ich ihn vorher, ja?«

Ein gnädiges Nicken.

Ich habe den Kerl quergefressen.

Ich, Jacob Getty, geboren an einem Donnerstag, den 16.8.1984 um 7:51 a.m. in Madison Wisconsin als Sohn von Elisabeth und Mark Getty, trete in Teshis Dienste, bis zu dem Zeitpunkt, an dem er mich persönlich daraus entlässt. Ich werde niemandem gegenüber ein Wort über die Dinge, die ich während meiner Arbeit erfahre, verlieren, noch Andeutungen in diese Richtung fallen lassen. Mein vollständiges Augenmerk ist auf meinen Arbeitgeber gerichtet, den ich nach bestem Wissen und Gewissen unterstützen werde. Mir ist bewusst, dass sein Wohl in meinen Händen liegt und ich werde ihn nicht enttäuschen.

Madison, den 17.12.2016, 11:43 p.m.

»Was zum Henker soll das?« Es ist 11:42 p.m. Spüre meinen Herzschlag im Hals. »Das hier ist niemals ein Vertrag.«

»Doch.« Mit einer flüchtigen Geste weist Socken-Joe auf das Papier. »Sogar die älteste Form eines solchen. Ein Versprechen.«

Teshi stellt sich neben mich. »Unterschreibe ihn.« Er legt mir sacht die Hand auf den Rücken. »Bitte.«

»Und dann? Besitzt du danach meine Seele?« Was würde ich gern über den miesen Witz lachen. Leider bleibt mir jedes Geräusch im Hals stecken.

»Nein«, sagt Teshi leise. »Aber dein Leben.«

»Viel Spaß damit.«

Ich unterschreibe mit blutroter Tinte.

Teshi atmet auf, nimmt mir den sogenannten Vertrag aus der Hand und pustet meinen feuchtglänzenden Namenszug trocken.

»Hier, das Duplikat.« Socken-Joe reicht mir ein zweites Blatt Papier. »Eines für Sie, eines für Teshi.«

»Solange keins für Sie ist.« Um nichts in der Welt würde ich für einen Kerl wie ihn arbeiten wollen.

Socken-Joe lächelt. Zu schmal für meinen Geschmack.

Auch auf das Duplikat setze ich meinen Schnörkel in leuchtendem Rot. »Angemessen dramatisch. Schlichte Geister würden es überzogen nennen.«

»Wir sind schlichte Geister.« Dieses Mal nimmt mir Socken-Joe den Vertrag ab. Er pustet nicht, er schwenkt ihn sacht hin und her.

»Ich bin spät dran.« Teshi wendet mir den Rücken zu. »Nimm Platz, während ich mich umziehe.« Er spricht über die Schulter zu mir, zeigt mir sein Profil.

Ich verstehe, warum sich Maler in ihre Modelle verlieben.

Trotz der knappen Zeit streift er sorgfältig und langsam eine Schicht nach der anderen dieser offenbar komplizierten Kleidung ab. Ich setze mich neben Socken-Joe, dessen helle Augen eindeutig genießend auf Teshi gerichtet sind.

Was mir nicht passt. Ganz und gar nicht.

Das seidenschimmernde Unterkleid gleitet von Teshis Schultern. Er dreht sich zu uns, nackt, wie Gott ihn schuf, sehr schlank, sehr schutzlos unserer Aufmerksamkeit ausgeliefert. Mit gesenktem Blick steht er einfach vor uns.

Ich will ihn berühren. Sanfter, als ich jemals einen Menschen berührt habe. Ich will dieses helle, fließende Seidendings aufheben, seine Blöße damit verbergen, bevor ich Socken-Joe aus dem Zimmer prügele.

»Er ist schön«, murmelt der und faltet die Finger unter dem Kinn. »Ich genieße diesen Anblick jedes Mal.«

»Dann sehen Sie ihn häufiger so?«, stelle ich mich gelassen, während ich innerlich die Fäuste balle.

»Immer, wenn es sich einrichten lässt.« Er streckt die Hand aus.

Teshi erwacht aus seiner Starre, tritt vor ihn.

Ich rieche seinen Duft.

»Senpai, heute nicht.« Er zuckt zusammen, als sich Socken-Joes Hände auf seine Hüften legen. »Ich werde zu spät kommen.«

»Und es büßen.« Wieder dieses sichelschmale Lächeln.

Mir rinnt eine Gänsehaut über den Rücken.

Der Kerl schmiegt sein Gesicht an Teshis Leiste. »Du hast Recht. Du solltest dich beeilen.«

Teshi schließt die Augen. Sein Kehlkopf hüpft hinauf und hinab.

Es ist eindeutig. Er hat Angst. Ich habe dieses Gefühl zu oft erlebt, zu oft gesehen, um es nicht zu erkennen.

»Ich werde dir helfen.« Mich zu erheben und Teshi den Arm um die Schulter legen, ist eins. »So weit ich mich an das Geschwafel meines Vertrages erinnere, liegt dein Wohl in *meinen* Händen.« Ich bedenke Socken-Joe mit einem klärenden Blick und führe meinen Schützling ins Badezimmer. »Was ist das zwischen euch?« Bereits beim Fragen ist mir klar, dass es mich nichts angeht. »Und warum nennst du ihn Senpai?«

»Weil er mein Senpai ist.«

Den Begriff habe ich schon einmal gehört. Muss nicht wichtig gewesen sein, sonst hätte ich mir seine Bedeutung gemerkt. »Hat dieser Senpai auch einen Namen?«

»Cutter.« Teshi zittert, lehnt sich nackt, wie er ist, an mich.

Ganz von allein schließen sich meine Arme um ihn. »Habt ihr so ein komisches Dominanz-Ding laufen?«

Teshi schüttelt den Kopf. »Ich darf es dir nicht erklären und selbst wenn, würdest du es nicht verstehen.«

»Spar dir diese Floskeln. Ich besitze ein Hirn. Versuch's.« Ich packe ihn an den Schultern, drücke ihn von mir weg. In solchen Momenten muss man sich in die Augen sehen.

»University Avenue. In zehn Minuten müssen wir dort sein.«

»Nackt?« Seine Haut fühlt sich an wie Samt. Meine Fingerspitzen lieben es, über sie hinweg zu streichen.

»Sicher nicht.« Cutter betritt das Badezimmer. Er hängt einen Kleiderbügel mit einem Anzug an den Haken und legt ein weißes, zusammengefaltetes Hemd auf den Waschtisch. Socken und Unterwäsche folgen. Ebenso ein Gürtel. »Der Koffer steht neben der Tür.«

Er fasst Teshis Handgelenk, zieht ihn von mir weg. Er schnappt sich Teshis Kinn mit Daumen und Zeigefinger. »Wir sehen uns später, Kōhai.«

Doch ein Dominanz-Ding. Ich verdrehe die Augen in dem Moment, als mich Cutters Blick trifft. Soll er ruhig mitbekommen, wie sehr mich diese Art Machtspielchen nerven.

Er drückt Teshi mit dem Rücken an die kalten Fliesen, presst seine Lippen auf dessen Mund.

Ohne seinen verdammten, provozierenden Mist-Blick von mir zu wenden.

Er nötigt Teshi seine Zunge auf, scheint ihn austrinken zu wollen.

Teshi ballt die Fäuste, senkt die Lider. Ein seltsamer Laut entkommt seiner Kehle.

Lust? Er steht auf den Kuss. Was sollen dann die Fäuste?

Ist nicht meine Art, zwei Männern bei solchen Aktionen zuzusehen. Ich sollte das Bad verlassen und vor der Tür irgendetwas Wertvolles zertrümmern.

Meine Beine bewegen sich nicht vom Fleck.

Teshi ist gefangen in diesem Kuss. Er genießt ihn, erleidet ihn, hält ihn aus, will mehr.

Ich küsse nicht.

»Sergeant Getty, deine Küsse machen mich irre.« Nuri schmilzt in meinem Arm. »Gib mir mehr davon.« Er beißt mir in die Unterlippe.

Ich lausche nach draußen in den Waschraum.

Eine Klokabine. Der jämmerlichste, jedoch sicherste Ort, um eine Handvoll Zärtlichkeiten auszutauschen. Nuri ist Zucker und Sahne in meinem sonst zu bitteren Tee. Er lässt mich für ein paar Augenblicke vergessen, dass die Wahrscheinlichkeit groß ist, auf eine Sprengfalle zu treten oder einem Heckenschützen vor den Lauf zu stolpern. Seine fantastischen, gierigen Lippen verscheuchen die Erinnerung an Bob, dem Ersteres passiert ist, und Steve, der Variante zwei zum Opfer fiel. Bob lebt noch. Er muss lediglich mit einer Prothese klarkommen und sein Gesicht ist auch nicht mehr das, was es mal war. Steve ist tot.

Ich lebe. ›Danke‹, sage ich in dem Moment kurz vor dem Einschlafen und ›bitte noch mal so viel Glück wie gestern‹, beim Aufwachen. Die Tage funktionieren auf ihre Weise und ich mit ihnen.

Nuri ist mein Lichtblick. Das einzige Problem dabei: Niemand darf es erfahren.

Ergo: das Klo. Und nur dann, wenn Nuri ohnehin den Waschraum reinigt.

Ich bin mir sicher, ich habe nie zuvor dermaßen innig einen Menschen geküsst. Da wir nie wissen, wie viel Zeit wir haben, legen wir uns ordentlich ins Zeug. Klappt die Tür zum Waschraum, hebe ich Nuri auf den Klodeckel und stelle mich mit heruntergelassener Hose und dem Rücken zu ihm vor ihn.

Von außen wirkt das hoffentlich, als erledige ich ein etwas längeres Geschäft. Wir warten, bis wir wieder allein sind, dann huscht zuerst Nuri aus der Kabine und sieht zu, dass er unauffällig das Weite sucht, dann ich.

Nachdem ich Nawzad verlassen hatte, ist mir die Lust am Küssen vergangen. Gerade kehrt sie mit einer Vehemenz zurück, die mich erschreckt. Was nichts daran ändert, dass ich Cutter in den tiefsten Höllenschlund wünsche.

Endlich lässt er von Teshi ab. »Enttäusche mich nicht«, zischt er mit einer Miene, die sich nach meinen Fingerknöcheln sehnt.

Er rauscht aus dem Badezimmer, schließ erstaunlich leise die Tür.

Teshi sinkt an der Wand hinab. Er vergräbt die Finger in seinen Haaren, kauert sich zusammen.

»Was es auch ist, du musst es nicht tun.« Ich hocke mich vor ihn, lege meine Hände auf seine. »Da ist doch was faul. Der Kerl zwingt dich zu etwas, das du nicht willst. Geh zur Polizei.«

»Das kann ich nicht.« Er sieht mich an wie ein waidwundes Reh. »Ich bin nicht du, Getty. Mir ist es nicht gegeben, Befehle zu verweigern.«

»Du kannst verweigern, was du willst. Du musst nur mit den Konsequenzen leben.« Also kennt er tatsächlich meine Akte.

»Nein.« Er erhebt sich, zieht mich mit hinauf. »Ihr habt die Wahl. Ich nicht.«

Ihr?

Er kleidet sich an, kämmt sich die Haare, bindet sie im Nacken zu einem Pferdeschwanz. Die ganze Zeit über stehe ich hinter ihm und beobachte ihn durch den Spiegel.

Als er fertig ist, dreht er sich zu mir. »Darf ich dich um etwas bitten?«

»Sicher.«

»Stelle mir keine Fragen mehr.«

»Schwierig.« Mein Kopf platzt vor Fragen.

»Keine Küsse, keine Fragen.«

»Vielleicht habe ich meine Meinung geändert.« Der Anblick, wie ihn Cutter verschlungen hat, wird mein neuer Albtraum. Dennoch manifestiert er sich in meinem Schritt.

Teshi stellt sich vor mich. Ganz dicht. »Meine Lippen sind für dich tabu, Getty. Wehe dir, du vergisst das.«

Eine Drohung?

Sein Blick sagt ja, wobei ich gern wüsste, mit was er droht. Er ist zwar fast so groß wie ich, jedoch von schmalerer Statur. Entweder er gräbt eine mysteriöse Kampftechnik aus, die es mit meinen Nahkampferfahrungen aufnehmen kann, oder er zaubert etwas Subtileres aus dem Hut.

Ich bin versucht, mit den Zähnen zu knirschen.

Von Socken-Joe Cutter lässt er sich die Lippen abbeißen und ich darf nicht einmal in ihre Nähe.

»Ich warte im Wagen.« Plötzlich ist mir das Badezimmer zu eng.

Er sieht mir nach. Ich bin sensibel, was das Kribbeln im Nacken angeht. Mich überkommt der kindische Wunsch, ihm beim Hinausgehen den Mittelfinger zu zeigen. Da ich es nicht nötig habe, lasse ich diesen Schwachsinn.

Cutter ist verschwunden. Wie angekündigt steht ein Aktenkoffer neben der Tür. Keine Zahlenschlösser.

Ich soll Teshi keine Fragen stellen. Dann muss ich mich selbst darum kümmern, dass ich Antworten erhalte.

Ich klappe das Ding so leise wie möglich auf.

Persönlicher Kram. Ein gestreifter Schal, grobe Maschen. Ab und zu ein Fehler im Muster. Eindeutig handgestrickt. Das Foto eines pausbäckigen Jungen, der einen Plastikdinosaurier in die Kamera hält, das

Abschlusszeugnis der James Madison Memorial High Scool. Dan Murray. Jahrgang 1979.

Was will Teshi mit dem Zeug? Mit einem Schal lässt sich niemand erpressen. Auch nicht, wenn er schlampig gestrickt wurde. Es sei denn, Blut oder Sperma würde an ihm kleben. Noch besser: beides. Auf den ersten Blick fällt mir nichts Kompromittierendes ins Auge.

Ich schließe den Koffer, schnappe mir den Arbeitsvertrag und stopfe ihn in meine Jackentasche. Auf dem Weg nach unten ertrage ich erneut die weihnachtliche Dudelmusik des Fahrstuhls.

Ich habe einen Vertrag unterschrieben, der eher nach Eheversprechen klingt, und das mit roter Tinte. Entweder bin ich verrückt, dieser Cutter oder Teshi.

Mich packt die Sehnsucht nach einer Zigarette, als ich mich an den Wagen lehne und versuche, Ordnung in meine Gedanken zu bringen. Ich rauche selten. Nur in Notfällen. Offenbar handelt es sich um einen.

Stand in dem Wisch etwas von Kündigungsfrist? Ich lese ein zweites Mal über die Zeilen. Das Papier ist dick, raue Oberfläche. Wirkt ebenso antiquiert wie exklusiv.

… bis zu dem Zeitpunkt, an dem er mich persönlich daraus entlässt. Demnach hänge ich auf Gedeih und Verderb an der Leine eines smarten Asiaten. Richtig, ich habe schließlich mein Leben in die Waagschale geworfen. Was auch immer er damit gemeint hat.

Ich streiche den Bogen auf dem Oberschenkel glatt, falte ihn ordentlich zusammen und verbanne ihn in die Innentasche meiner Jacke. Nelly erfährt besser nichts von dem Deal. Könnte mir vorstellen, dass die alte Dame mich entweder auslacht, oder ihr sauer Erspartes wegen mir einem Anwalt in den Rachen stopft. Rein zur Sicherheit.

Kurz nach Mitternacht. Wir kommen zu spät.

Du wirst es büßen.

Gar nichts wird Teshi. Ich werde ihn nicht aus den Augen lassen, bis Cutter an Altersschwäche stirbt.

In Mantel und mit Aktenkoffer in der Hand eilt Teshi aus dem Hotel. Ich öffne für ihn die Beifahrertür, doch er nickt zum Fond.

Natürlich. Ich bin der Chauffeur, er ist mein Boss. Klar, dass er hinten sitzen wird.

»Verzeihung, Sir«, murmele ich und scheiße auf das Du. Er will es formell? Kann er haben.

»3330.«

»Bitte?« Ich kämpfe mich aus meinem Ärger.

»Die Hausnummer. Beeile dich.«

»Selbstverständlich, Sir.« Es geht mir wie Butter von den Lippen. Während der folgenden fünfzehn Minuten herrscht Schweigen.

3330. Das Gebäude gehört einer Versicherungsagentur. Nur ein einziges Fenster im zweiten Stock ist beleuchtet. Die Zufahrt zum Parkplatz ist abgesperrt.

Er tippt eine Nachricht ins Handy. Unsere Blicke treffen sich im Innenspiegel. »Warte auf mich.«

»Sie sind der Boss.«

»Bitte nenne mich Teshi.« Sein zaghaftes Lächeln schleicht sich direkt in mein Herz. »Die fragile Vertrautheit zwischen uns ist ein Geschenk für mich. Zerschlage es nicht, nur weil ich dich gekränkt habe.«

»Hast du nicht.« Woher kommt dieses warme Gefühl in meiner Brust? Es wächst, während ich ihn ansehe.

Das Lächeln verschwindet. »Du bist ein schlechter Lügner, Getty. Männer wie du sollten sich ausschließlich mit der Wahrheit umgeben.«

»Was ist mit Männern wie dir?« Erneut stürmen tausend Fragen auf mich ein.

»Ich lüge nicht.« Er richtet seinen Schal, löst den Gurt. »Ich schweige.« Langsam wandert eine silbergraue Braue nach oben. »Öffnest du mir die Tür?«

Wie angestochen springe ich aus dem Wagen, um das zu tun, wofür er mich bezahlt. Was bezahlt er überhaupt? Im Vertrag stand nichts dazu. Ich bin ein Idiot, so einen Mist zu unterschreiben. Bei Gelegenheit werde ich das Thema noch einmal zur Sprache bringen.

Ich öffne ihm die Tür, verkneife mir das *Sir* nur, weil er mich darum gebeten hat. »Wird es so sein wie gestern Nacht?« Ich mache mir Sorgen um ihn.

»Nein.« Geschmeidig wie ein Tänzer steigt er aus. »Es wird schlimmer. Ich bin zu spät dran.«

»Was ist das für ein Termin?« Ich fasse sein Handgelenk eine Spur zu fest. »Ich weiß, ich soll nicht fragen, aber ...«

»Ich habe dich mit Bedacht ausgewählt.« Er legt seine Wange an meine. »Cutter war anfangs dagegen, dich anzustellen. Ich musste ihn überzeugen.«

»Wie?« Ich will es nicht wissen.

Doch. Ich will es wissen. Haargenau.

Seine Nasenspitze streift mein Ohrläppchen. »Ich wünschte, ich dürfte dich küssen.«

»Tu es.« Zum Teufel mit meinen mitleidzerfressenen Vorsätzen.

»Hier geht es.« Ein sachter Kuss auf meine Wange.

»Hier auch.« Ein zweiter auf meinen Hals.

Ich neige den Kopf zur Seite, lade ihn zu einem dritten Kuss ein.

Er folgt dem Wink. Seine Lippen saugen an meiner Haut.

Ich spüre deutlich seine Zähne. Binnen Sekunden stehe ich in Flammen. Bei zehn Grad minus und sternklarem Himmel. Diese Art von Intimität habe ich so lange nicht mehr gefühlt.

»Doch niemals auf den Mund.«

»Weshalb nicht?« Dunkel erinnere ich mich an eine lächerliche Drohung im Badezimmer.

»Eine von Cutters Regeln.«

»Zur Hölle mit Cutter«, wispere ich in sein Haar. »Was er dir auch gibt, ich gebe es dir besser und öfter.«

Teshi lacht. Sein Atem streichelt mich dabei. »Was er mir gibt, sollst du mir nicht geben. Es wäre zu viel für mich.« Seine Hand an meiner Wange. Sie zittert. Ich nehme sie in meine, halte sie einen Moment.

»Was meint er mit *büßen*?«

»Genau das, was er sagt.«

»Er darf dir nicht wehtun.«

»Das tut er nicht.«

»Ich habe gesehen, wie du gezittert hast, als er dich anfasste.«

»Du hast gesehen, was du sehen wolltest, Getty. Diesen Fehler begehen alle Menschen.«

»Du zitterst jetzt.«

»Es ist kalt.«

»Du hast Angst.«

»Ja. Aber nicht vor Cutter.«

»Vor was dann?«

»Vor deinen zukünftigen Gedanken.«

Gut, in diesem Spiel bin nicht ich der Verrückte.

Wind greift ihm ins Haar, weht ihm eine Strähne seines Zopfes über die Schulter.

Ich fange sie zwischen meinen Fingern ein.

»Eine Stunde.« Er zieht sie aus meinem Griff. »Länger musst du nicht auf mich warten.« Er bückt sich unter der Absperrung hindurch, eilt über den Parkplatz.

Die Tür des Gebäudes öffnet sich. Ich erkenne die Silhouette eines Mannes.

»Krümme Teshi ein Haar, und du wirst es bereuen«, drohe ich dem Fremden, von dem ich nicht einmal mit Sicherheit sagen kann, ob es sich wirklich um einen Mann handelt. Welche Rolle der Strickschal spielt, ist mir ebenfalls ein Rätsel. Aber spontan kommt der Wunsch auf, Cutter damit zu erwürgen.

Schräg gegenüber auf der anderen Straßenseite ist eine Tankstelle. Ich habe mir eine Zigarette verdient und ein frischer Kaffee wäre auch eine Freude.

Nachts um kurz nach zwölf ist auf der University Ave nicht viel los. Ich schlendere unbehelligt über die Straße.

Eine Stunde.

Ich kaufe einen Kaffee, Zigaretten und Kaugummis. Mein magisches Trio. Für einen Moment sehe ich Nuris weißblitzende Zähne.

Er ist gerannt wie ein Hase, als er mir das Funkgerät gestohlen hat. Er hätte sich nicht umdrehen dürfen.

Dann wäre er jetzt tot.

Den Kloß in meiner Kehle räuspere ich weg, während ich mir die Hände am *Coffee to go*-Becher wärme.

– *Teshi* –

»Bitte treten Sie ein.« Der Auserwählte öffnet die Tür zu seinem Büro, lässt mich vorgehen. »Mr. Cutter ist einer meiner besten Kunden. Seine Nachricht, dass er aufgrund unglücklicher Zwischenfälle sämtliche Verträge mit der Agentur kündigen will, erstaunt mich zu tiefst.«

»Ich danke Ihnen, dass sie diesen ungewöhnlich späten Termin möglich gemacht haben, Mr. Murray.«

Senpai ist geschickt darin, die Treffen für mich einzufädeln. Solange ich es nicht beherrsche, mich wie er eigenständig im Weltgeschehen vor- und zurückzubewegen, bin ich auf seine Hilfe angewiesen. Es ist unnötig, Türen aufzubrechen oder Fenster einzuschlagen. Die Auserwählten öffnen mir freiwillig.

Ich verdränge jeden Gedanken an Getty, der draußen auf mich wartet. Ich sehne mich in seine Arme, sehne ihn in mein Inneres. Und ich sehne mich danach, währenddessen in Senpais Augen zu blicken.

Von meiner Mitte bis zum Herz steigt Hitze auf. Sie verdrängt ein wenig die Angst vor dem, was Murray und mir bevorsteht.

Ich muss mich konzentrieren. Für ihn und für mich.

»Was kann ich tun, um Mr. Cutters Bedenken zu zerstreuen?« Murray weist auf den Stuhl vor seinem Schreibtisch. »Sicherlich sind Sie als sein Assistent in die Problematik eingeweiht.« Ein Hauch Misstrauen liegt in seiner Stimme. Er hätte lieber mit Senpai persönlich über die nicht vorhandenen Probleme der Policen geredet.

Ich stelle den Aktenkoffer auf den Tisch, klappe ihn auf. »Wenn Sie sich den Inhalt bitte vergegenwärtigen wollen?«

»Nun ja, was haben diese Dinge …« Er runzelt die Stirn. Seine Hand nähert sich seinem Mund. »Oh mein Gott«, wispert er, bevor er sich selbst zum Schweigen bringt.

– *Jacob Getty* –

Das Klicken des Feuerzeugs blendet für einen Augenblick das Rauschen der Stadt aus. Ich mag Flammen. Sie sind freundlich, spenden Wärme, trösten, zünden Zigaretten und Kerzen an. Bei einem Feuer sieht das anders aus.

Kurz vor eins. An der zugesagten Stunde ist nicht mehr viel dran.

Ich hänge an Teshi. Im ursprünglichen Sinn. Wie ein Vogel an der Leimrute. Als hätte er eine Falle ausgelegt und ich wäre blind hineingetappt. Bin ich auch. Erfahrungsgemäß geht das schlecht aus. Nach meiner Entlassung habe ich mir geschworen, bis auf weiteres mein Herz zugeknöpft zu lassen. Bis vorgestern habe ich es durchgezogen. Was verschlossen ist, ist sicher. Keine Verletzungsgefahr. Teshi ist gerade dabei, mir die Knöpfe abzureißen.

Was fesselt mich an ihm? Die Mandelaugen? Das schmale Gesicht? Sein Geheimnis, das ihn dichter umgibt als der Novembernebel den Devil's Lake?

Oder ist es die fatalistische Hilflosigkeit Cutter gegenüber, die mein Beschützersyndrom weckt?

Jemand stolpert aus dem Versicherungsgebäude.

Teshi. Von dem zweiten Mann keine Spur. Nach wenigen Schritten fällt er auf die Knie, kippt zur Seite und bleibt liegen.

Scheiße! Ich schnippe die Zigarette weg, setze über die Absperrung, renne zu ihm. Sein Gesicht ist aschfahl, seine Augen geschlossen.

Ein Schlag auf die Wange, und sie öffnen sich.

»Sag mir jetzt ja nicht, dass du okay bist.« Das nächste Krankenhaus ist seins.

»Bin ich nicht.« Seine Lippe zittert beim Sprechen. »Hilf mir hoch.«

Ich habe schon gewichtigere Männer abgeschleppt. Ins Bett und ins Lazarett. Ich lege mir seinen Arm um die Schulter, nehme Kurs auf den Jaguar. »Ein Drogenexperiment? Illegale Versuche mit was weiß ich was?«

»Nur mein Job.« Das kehlige Geräusch soll vermutlich ein Lachen sein. »Ich bin nicht sehr gut darin.«

»Dann werde besser, verdammt!«

Wieder dieses Geräusch. »Ich denke nicht, dass du das willst.«

»Was ist das für ein Job?« Nichts Legales. Das ist klar.

»Keine Fragen, Getty.«

Ich hätte das Kleingedruckte des Vertrages verhandeln müssen.

Ach ja, richtig, es existierte ja nicht.

Ich will ihn in den Wagen setzen, doch er winkt ab. »Du riechst nach Rauch. Gibst du mir auch eine Zigarette?« Er stützt sich mit den Händen am Holm ab, atmet so schwer, als wäre er um sein Leben gerannt.

Ich zünde ihm eine an, er nimmt sie mir direkt von den Lippen. Er inhaliert tief, schließt dabei die Lider. Er lässt sich Zeit, bis er ausatmet. »Bleib heute Nacht bei mir.« Der schwarze Wimpernkranz hebt sich. Mich trifft ein Blick, der mir in den Unterleib fährt. Lasziv. Der Begriff beschreibt nicht ansatzweise den Ausdruck dieser fantastisch dunklen Augen.

»Ich dachte, du bist hinüber?« Ich zeige zurück zu dem Gebäude. »Da hinten bist du gerade zusammengeklappt.«

»Die ersten Minuten danach sind die schlimmsten.« Sehr langsam entlässt er den Rauch aus seinem Mund. »Der Schmerz bleibt länger, doch auch er geht irgendwann.«

»Dann willst du eine Ablenkung?«

Teshi nickt.

Sex ist keine schlechte Wahl und ich brenne auch ohne diesen desolaten Zustand darauf. Der Gedanke,

Teshi voll und ganz in Besitz zu nehmen, erregt mich maßlos. »Was ist mit Cutter?« Ich muss mich räuspern, klinge dennoch heiser. »Leistet der uns Gesellschaft?«

»Ja.«

Das habe ich erwartet. Ich sinke mit dem Rücken gegen den Wagen. »Ich soll dich ficken, während er zusieht?«

Teshi legt mir den Finger auf die Lippen.

Er riecht nach Aftershave, aber nicht nach seinem.

»Ich hasse dieses Wort.«

»Und ich hasse Zuschauer«, nuschele ich.

»Mach mir die Tür auf.« Auf seiner Stirn bilden sich Schweißperlen. »Mir wird schwindelig.«

Bevor ich ihm gehorche, pflücke ich ihm die verdammte Zigarette aus der Hand.

Er sinkt auf die Rückbank, lässt sich nach hinten fallen. »Komm her.«

»Hier?« Die University Ave ist auch um ein Uhr nachts ein ungünstiger Ort, um es als Mann mit einem Mann zu treiben. Selbst wenn Teshi eine Frau wäre, hätte ich meine Bedenken.

Er setzt sich auf, nimmt meine Hand, zieht mich über sich. »Lege deinen Kopf auf meine Brust.«

»Ich weiß nicht ...«

»Tu es.«

Ich bete, dass niemand mitbekommt, was hier läuft.

Ich lege mich auf ihn, schüre die Erregung, die sich trotz meiner Anspannung in mir ausbreitet.

Während ich meinen Kopf auf seine Brust bette, steigt mir erneut dieser fremde Duft in die Nase. »Du bist deinem Terminpartner ziemlich nah gekommen, hm?«

»Sehr nah«, flüstert er. »Hörst du ihn?«

»Wen?«

»Den Mann.«

Alles, was ich vernehme, ist Teshis hart schlagendes Herz. Er ist durcheinander, komplett verwirrt. Wen er auch getroffen hat, er hat ihm nicht gutgetan. »Ich fahre dich jetzt zurück zu Cutter.«

»Würden mich mein Mantel und mein Hemd nicht von deinem Atem trennen, könnte ich ihn auf meiner Haut spüren.« Er sieht mich auf eine Weise an, die mir die Sicherungen durchbrennen lässt.

Ich greife in die Knopfleiste des Mantels, reiße sie auseinander. Die Knöpfe spritzen an die Lehne der Rückbank. Dasselbe mache ich mit dem Hemd. Ich lecke über die haarlose Brust, necke mit der Zungenspitze einen der Nippel. Ich puste über die feuchte Spur.

Teshi erschaudert, stöhnt wunderbar tief, wie es nur Männer vermögen. Ich schwelge in dem Geräusch, puste ein zweites Mal.

»Oh Gott!« Teshi fasst mir in den Nacken, wölbt mir seinen schmalen Brustkorb entgegen.

Ich streife den glatten Stoff beiseite, verwöhne die entblößte Haut mit Zunge und Zähnen.

Teshi windet sich hilflos unter mir, während ich dabei bin, den Verstand zu verlieren. Als ich seinen Nabel erreiche, die feinen schwarzen Härchen darunter mit den Lippen zupfte, entkommt ihm ein Wimmern. Mehr, um ihn zu beruhigen, lege ich fest die

Hand in seinen Schritt. Ich spüre sein Zucken, sehne mich an einen einsamen Ort ohne fremde Augen und Ohren.

Sein schweres, keuchendes Atmen gibt mir den Rest. Er steht in Flammen, ebenso wie ich.

»Ich fahre dich jetzt zum Hotel.« Ich bin so weit, dass mir Socken-Joe den Buckel runterrutschen kann.

»Ich will zu dir nach vorn.« Teshi schlingt die Arme um meinen Nacken und ich ziehe ihn mit mir hinauf. »Ich kann nicht klar denken, kaum stehen.« Sein Gesicht schmiegt sich an meinen Hals. »Aber bei dir ...«

Ich spüre sein Lächeln an meiner Haut.

»Halte lieber den Mund.« Spätestens morgen bereut er sein Süßholzraspeln. Ich helfe ihm aus dem Fond, platziere ihn auf dem Beifahrersitz. Er wirkt wie frisch aus dem Wind geschossen. Ich muss herausfinden, was ihm während dieser Termine widerfährt und warum er nach anderen Männern riecht.

»Verkaufst du dich?« Das würde einiges erklären.

Er sieht mich an, schüttelt den Kopf. »Keine Fragen.«

»Ist eine Scheißregel.«

»So wie keine Küsse?«

Die ist noch beschissener.

Ich starte den Wagen, lenke ihn durch die klirrend kalte Winternacht. Teshi sitzt ganz still, die Hand auf der nackten Brust, den Blick ins Leere gerichtet.

Was geht hinter seiner Stirn vor?

Ich parke auf dem Hotelparkplatz, lasse Teshi ein paar Minuten, um aus seiner Abwesenheit zu erwachen.

Aus den Tiefen seiner Manteltasche summt es. Umständlich fischt er das Handy hervor, starrt auf das Display. »Senpai.«

»Um Himmels willen! Nenn den Kerl beim Namen!«

»Er wartet auf mich.«

Ich nehme ihm das Ding ab, schreibe: *Teshi kommt nicht allein*, und werfe es ihm in den Schoß. »Ich könnte ihm fünfzig Dollar in die Brusttasche stecken und ihm raten, sich in der Hotelbar einige Drinks zu gönnen.«

Teshi sieht mich an. Ein Hunger in den Augen, der mich schlucken lässt. Bevor ich die Kontrolle über mein Handeln verliere, stürze ich aus dem Auto, öffne ihm die Tür und ziehe ihn in meinen Arm.

»Es tut mir leid«, flüstert er.

»Was?«

»Was geschehen wird.«

»Ich vögele dich durchs Hotelzimmer. Dabei gibt es nichts zu bereuen.« Fahrig richte ich ihm Hemd und Mantel, dass die Dame an der Rezeption wenigstens erst auf den zweiten Blick begreift, was mit ihm los ist.

Er schwankt neben mir, während wir zum Fahrstuhl eilen. Er reicht mir seine Zimmerkarte. Praktisch, wir sparen uns die Lobby, fahren direkt in den fünften Stock.

Dieses Mal quält uns *Santa Claus is comming to town*.

Als das Drecksding von Aufzug endlich hält, atmen wir beide auf.

Teshi verharrt vor der Zimmertür, lehnt einen Augenblick die Stirn dagegen. Er murmelt etwas in einer Sprache, die durchaus japanisch klingt.

»Wir können woanders hingehen.« Im Zweifel zu mir nach Hause. »Ich reiß mich nicht um Socken-Joes Anwesenheit.« Nelly muss damit klarkommen.

»Nein, können wir nicht.« Die Karte gleitet über den Sensor, mit einem leisen Knacken schwingt die Tür auf.

Das Zimmer ist dunkel, obwohl die zweite Karte im Kontakt steckt.

Cutter steht vor dem Fenster. Mit dem Rücken zu uns.

Teshi zieht den Mantel aus, tritt hinter ihn. Ich höre ihn wispern, verstehe jedoch kein Wort.

Cutter nickt, wendet sich zu ihm. Er streicht ihm das Hemd von den Schultern, scheint ihn zu betrachten. Ich sehe seine Augen nicht, nur die schwarze Silhouette vor der Fensterfront.

»Wie geht es dir?« Sacht legt er die Hände an Teshis Wangen. »Du siehst erschöpft aus.«

»Hilf mir«, bittet Teshi so verzagt, dass es mir einen Stich versetzt. »Es ist in meinem Herz. Will mich nicht loslassen.«

»Dieses Mal nicht.« Cutter führt ihn zum Bett, drückt ihn rückwärts aufs Laken. Er kniet sich über ihn, raunt ihm etwas ins Ohr.

»Nein.« Teshi schüttelt den Kopf. »Senpai, bitte nicht.«

»Es war deine Entscheidung, Kōhai. Jede Ursache fordert ihre Wirkung.«

»Ich lasse ihn gehen.« Er versucht, sich aufzurichten.

Cutter stößt ihn zurück in die Kissen. »Dazu ist es zu spät. Ich verhandele nicht.«

»Senpai, bitte!«

»Runter von ihm oder ich helfe nach.« Ich habe lange genug zugesehen.

Cutter wendet sich zu mir. Dort, wo seine Augen sein sollten, ist Schwärze. Es liegt am fehlenden Licht, an den Schatten, die das nächtliche Zimmer fluten. Dennoch schaudert es mich.

»Du wirst für ihn da sein.« Seine Stimme klingt kalt. »Tag und Nacht, jede Sekunde deines Lebens.« Langsam steigt er vom Bett, tritt dicht vor mich. »Du erhältst den höchsten Lohn, den sich ein Mensch nur wünschen kann.« Er sieht zu Teshi, der die Finger ins Laken krallt und zur Decke starrt. »Und ich werde dafür sorgen, dass dich nichts von deiner Aufgabe ablenkt.«

Plötzlich ist es still. Zu still für eine Großstadt. Cutters Worte fallen ins Bodenlose. Seltsam, ich höre die Silben wieder und wieder.

Unter meinen Füßen schwankt es.

Schritte, die leiser werden. Irgendwo weit weg klackt ein Türschloss.

– *Cutter* –

Ich reiße eine Spalte in die Zeit, stürze mich hinein. Auch Illusionen vermögen es, zu bluten. Es fließt rot über meine Hände, klagt mich an.

Ich schüttele die Tropfen von mir, schreie ins Nichts. Meine Stimme erschüttert längst Totes, noch lange nicht Geborenes, Sterbendes.

Keine Beherrschung mehr.

Ich renne, bis mir übel wird, springe in einen Abgrund, der sich über mir verschließt. Ich schlage am Boden auf, heiße den Schmerz willkommen, der wie endlose Blitze durch meine Glieder zuckt.

Die Meiko-Higashi-Brücke. Ich sehe sie von unten.

Bremsen quietschen, ein metallisches Krachen, das sich selbst ein Echo wirft.

Tausend Stimmen, aufgeregt, zu laut für meinen pochenden Kopf. Gesichter, die sich über mich beugen, mich Dinge fragen, die mir nichts bedeuten.

Ich habe Teshi verloren. An das Leben. Es hat ihn mit braunen Augen angesehen, mit seinen warmen Händen berührt. Es hat ihm den Sprung verziehen. Will ihn erneut an sich binden. In diesem Augenblick streift es ihm die Kleidung vom Leib, verführt ihn zu Normalität, zu einem Dasein fernab von mir.

Nur ein Kuss. Mehr bleibt mir nicht. Er liegt vor mir und ich bin nicht grausam genug, ihm entgegenzueilen.

Ich schließe die Augen, die Menschen verschwinden, nehmen ihre Autos, die Brücke, den Himmel mit.

Ich bleibe allein zurück.

— *Jacob Getty* —

»Er ist fort.« Teshi richtet sich auf, sieht an mir vorbei zur Tür.

»Scheint so, als würde er doch nicht zusehen wollen.« Mir soll's recht sein.

Teshi zieht die Beine an, schlingt die Arme um die Knie. »Wir sind allein.«

Er wirkt verloren. Unendlich traurig. Weil dieses Arschloch gegangen ist? »Es ist besser, ich gehe auch.« Die Stimmung ist hinüber. Ich bin zu verwirrt, um ihm das zu geben, was er ursprünglich wollte.

»Das kannst du nicht.« Er streckt die Hand nach mir aus und ich nehme sie. »Du hast ihn gehört.«

»War das sein Ernst?« Wie soll ich jede Sekunde meines Lebens bei ihm sein? Es gibt Persönliches, da ist man gern unter sich. Es gibt Nelly. Der ich ohnehin noch erklären muss, dass ich für ungewisse Zeit im Ausland bin.

»Es war sein Ernst.« Teshi zieht mich zu sich aufs Bett. »So lange dein Leben währt, gehört es mir.«

»Und wenn ich das nicht will?«

»Werde ich dich küssen.« Er tippt mit der Fingerspitze auf meine Lippen. »Dorthin.«

Es ist unangebracht, aber ich muss grinsen. »Du scheinst ein miserabler Küsser zu sein, wenn du damit drohst.«

»Ich bin ein begnadeter Küsser.« Er streift mir die Jacke ab, zupft mein Shirt aus dem Hosenbund. Seine Finger streichen sanft meine Seiten entlang, meinen Rücken hinauf. Sehr geschickt befreit er mich von Pullover und Shirt. Einen Moment verharrt er, lässt seinen Blick über meinen Oberkörper schweifen. »Du bist stark.«

»Es gab eine Zeit, da war das nötig.«

»Sie ist noch da.« Er setzt sich auf meinen Schoß, schlingt die Beine um meine Hüften. Ich spüre seine Erregung an meiner. Gebe mich der Hitze hin, die in mir aufsteigt.

Seine Lippen liebkosen meine Schläfe, seine Fingernägel kratzen über meinen Rücken.

Mir entkommt ein Zischen. Ein seltsames Gefühl, wenn sich Grausamkeit mit Sanftheit paart.

»Versprich mir, dass du jeden Augenblick mit mir genießen wirst«, wispert er mir ins Ohr. Er beißt hinein, ich knurre vor Schmerz.

Er drückt mich nach unten, thront auf meiner Mitte. Er reibt sich an ihr, schrammt immer heftiger mit seinem zuckersüßen Hintern über meine wachsende Erektion.

Ich halte ihn an den Hüften fest. »Ich dachte, du willst noch etwas von mir haben?« Wenn er so weiter macht, brauche ich eine Pause, bevor wir begonnen haben.

»Dieses Mal ist es das Herz.« Er klingt atemlos. »Es schmerzt, schlägt in mir in einem fremden Takt.« Er legt den Kopf in den Nacken, stöhnt heiser auf. »Ich kann es kaum ertragen«, keucht er, während seine Bewegungen wilder werden. »Senpai hat sich geweigert, mir zu helfen. Also musst du es tun.«

Mir wird schwindelig vor Lust.

Von welchem Schmerz spricht er?

»Bitte«, fleht er. »Liebe mich so, dass ich alles vergesse.« Er krallt seine Nägel in die eigene Brust.

Der Anblick erschüttert mich.

Etwas zerrt an mir. Ein Gefühl, nach vorn geschleudert zu werden, aus mir heraus, in etwas anderes, unkontrollierbares hinein. Ich drehe ihn unter mich, reiße ihm die Hose von den Beinen.

Teshis Blick verklärt sich, dennoch presst er beide Hände auf sein Herz. Ich ziehe sie weg, stürze mich auf seine Brust, bedecke sie wie im Fond des Wagens mit Bissen und Küssen. Seinen Nippel sauge ich so tief ein, wie ich kann. Teshi wimmert, doch das genügt mir nicht. Ich nehme die empfindliche Haut zwischen meine Zähne, beiße.

Teshi schreit auf. Erschrocken, lustvoll, schmerzerfüllt.

Vermag es nicht zu unterscheiden. Ich lecke über die winzige Wunde, die er mir verdankt, traktiere seine Kehle mit einer Wildheit, die mich selbst erschreckt.

Dieses fremde Etwas rast in mir, tobt sich an dem Mann unter mir aus, der sich schluchzend windet, und dennoch aus seiner Spitze tropft.

Auch ihr widme ich mich. Mit derselben Wucht. Es vergehen nur Augenblicke, bevor es mir in den Rachen spritzt.

Nur einen Moment Pause, in dem wir uns ansehen. Er weiß, dass ich noch lange nicht mit ihm fertig bin.

Er ist wundervoll. In seiner Lust, in seiner Erschöpfung. Und wenn ich hundert Jahre werden sollte, ich werde jede Sekunde lieben, in der ich bei ihm bin.

Ich streichele ihm den Schweiß von der Stirn, lasse ihn zu Atem kommen. Ehe meine Hände zu seinen Schenkeln wandern, sagen mir seine dunklen Augen, dass er bereit ist.

– *Teshi* –

Es fühlt sich wie träumen an. Ich liege auf dem Bett, Getty schläft an meiner Seite, doch ich sehe uns dabei zu. Ein seltsames Gefühl zieht mich zum Fenster, lässt mich durch das Glas sickern wie Wasser durch ein stramm gespanntes Tuch.

Mein Herz ist schwer vor Sehnsucht. Ich weiß nicht, wonach.

Die Nacht greift nach mir, trägt mich aus der Stadt, lässt mich fernab an einem See langsam zur Erde gleiten. Meine Füße versinken bis zu den Knöcheln im Schnee. Sie sind nackt, er ist kalt. Dennoch friere ich nicht.

Eine Hütte aus Holz. Flackerndes Licht scheint aus der einzigen Scheibe.

Meine Schritte hinterlassen keine Spuren, als ich dorthin gehe und die drei Stufen zur Tür erklimme.

Ohne zu klopfen, trete ich ein.

Senpai sitzt vor dem Kamin, die Beine zum Schneidersitz gefaltet, und blickt ins Feuer. Ich schmecke die Einsamkeit, die ihn umgibt, auf der Zunge. Ein bittersüßes, schweres Aroma. Mein Herz verfängt sich darin, hat Mühe, weiterzuschlagen.

Nicht weit von ihm steht der Aktenkoffer mit Dan Murrays Erinnerungen. Ich knie mich davor, streichle über den grob gestrickten Schal.

Murray hatte ihn sich an die Brust gepresst. Seine erste Träne versickerte in den Maschen, die folgenden tropften auf das Foto seines Sohnes. Ich nehme es aus dem Koffer. Der Junge ist kaum noch zu erkennen.

»Warum hast du ihn hierhergebracht?«

»Die Aktenkoffer-Todesserie endet heute Nacht.« Senpai spricht, ohne mich dabei anzusehen. »Ich habe mir einen Scherz mit den Menschen erlaubt, um dir deine Arbeit zu erleichtern. Das war unmoralisch und gedankenlos von mir.« Er lässt eine Kette durch die Finger gleiten. Zwei kleine Blechschilder sind die Anhänger. »Außerdem ist es klüger, wenn dich Getty nicht damit in Verbindung bringt. Seine Toleranz ist weit wie das Meer, dennoch wird sie den Handlanger des Todes ausschließen.«

»Du hast es für mich getan?« Meine Kehle wird eng.

»Du liebst ihn.«

Erst während ich sie höre, wird sie für mich zur Wahrheit.

»Dieser Umstand bindet mir die Hände.« Er atmet tief, bevor er weiter redet. »Auf diese Weise kann ich nicht meine Arbeit erledigen. Ich brauche Freiheit, um den Menschen unvoreingenommen entgegentreten zu können.«

»Sagst du das nur, um mir den Abschied zu erleichtern?« Nie zuvor fühlte sich mein Herz so schwer an.

»Willst du, dass ich dich stattdessen zum Gehorsam zwinge?« Er hebt den Blick.

Sein zeitlos schönes Gesicht verschwimmt vor meinen Augen.

»Soll ich von dir verlangen, Getty einen Aktenkoffer gefüllt mit Erinnerungen zu bringen und ihn anschließend zu küssen?«

»Du weißt, dass ich das nicht kann.«

Er senkt den Kopf. Die Kette klirrt leise zwischen seinen Fingern. »Manchmal vergisst ein verliebter Marine seine Pflicht oder ein Hund rennt zur falschen Zeit über die Straße.« Er nimmt meine Hand, führt sie an seine Lippen. »Du solltest dein Dasein nicht mit Träumen verschwenden, Kōhai.«

– *Jacob Getty* –

»Bleib stehen!« Ich ziele. Auf seinen Rücken? Gott! Auf seine Beine.

Nuri gehorcht, dreht sich zu mir. Sein Blick findet meinen.

Über den Lauf meines Gewehres hinweg.

Ich lasse es sinken.

Ein ohrenbetäubender Knall. Dort, wo Nuri stand, ballt sich Staub.

Ich schrecke auf. Der Schrei klingt nach mir, doch meine Kehle ist zu trocken, um auch nur irgendeinen Laut von sich zu geben.

Teshi liegt an meiner Seite. Neben ihm auf der Bettkante, die Beine leger übereinandergeschlagen, sitzt Cutter. Eine Zigarette im Mundwinkel, die Augen leicht zugekniffen, um sie vor dem aufsteigenden Rauch zu schützen.

Er zieht behutsam die Decke von Teshi, betrachtet dessen von mir gezeichneten Körper. »Er liebt es so«, nuschelt er am Filter vorbei. »Aber in manchen Momenten, braucht er es so zärtlich, dass ihm der Flügelschlag eines Schmetterlings genügen würde.« Unendlich sanft lässt er seine Finger über die Male gleiten.

Teshi seufzt leise. Ein Lächeln erhellt seine Miene, doch er schläft weiter.

»Ich bedaure es, aber die Reise nach Paris wurde gecancelt.« Endlich nimmt er die Zigarette aus dem Mund. »Ein dringender Termin in der Stadt. Wir können ihn nicht verschieben.«

»Sagt wer?« Es widert mich an, wie der Kerl über Teshis Leben bestimmt.

»Ich.« Er wirft mir einen wattierten Umschlag zu. »Gib ihm den, wenn er aufwacht.«

»Ich muss nach Hause.« Ich werfe den Umschlag zurück. Cutter fängt ihn, hebt die Brauen.

»Nur kurz«, lenke ich ein. Spontan fällt mir dieser seltsame Vertrag ein. »Ich will noch ein paar Dinge mit meiner Tante klären. Sonst macht sie sich Sorgen.«

Langsam entlässt er den Rauch aus seiner Lunge, drückt die Zigarette im Aschenbecher auf dem Nachttisch aus. »Gestern habe ich im Zorn gesprochen.«

»Das heißt?«

»Dass du über deine Zeit frei verfügen kannst, es sei denn, Teshi bedarf deiner Dienste.« Ein flüchtiges Lächeln zeigt sich in dem strengen Gesicht. »Da er schläft, scheint es nicht so zu sein. Doch heute Nacht solltest du dich bereithalten.«

»Kein Problem.« Ich springe aus dem Bett, stürze mich in meine Kleidung. Ich werde zu Hause duschen, mir Nellys Vorhaltungen anhören und zurückkommen. Mir passt es nicht, Teshi länger als nötig mit diesem Kerl allein zu lassen.

»Nimm dir Zeit.« Cutter lächelt schmal.

Ich kann nicht anders. Ich zeige ihm den Mittelfinger, was leider nicht dazu ausreicht, dass er auch nur im Geringsten die Miene verzieht.

Auf dem Weg nach Hause haftet mein Denken an Teshi. Mit welcher Hingabe er sich auf mich eingelassen hat. Der Ausdruck seiner Augen, als sich Schmerz mit Lust vermischten und er hilflos in diesem Zustand hin- und hergeworfen wurde.

Ich war nie sonderlich grob zu meinen Partnern. Was hat mich in der Nacht bloß geritten? Im Nachhinein kommt es mir vor wie ein Rausch. Als wäre ich nicht ich selbst gewesen.

Der Flug nach Paris wurde gecancelt. Dass dieser Mistkerl ständig in Teshis Leben pfuschen muss.

Nelly sitzt in der Küche, als ich die Wohnung betrete.

»Komm her, Junge!«, ruft sie fröhlich. »Rate mal, wer vorhin vorbeigekommen ist.«

»Keinen Schimmer, doch ich muss mit dir reden.«

»Warum hast du mir nie von Major Segador erzählt?« Ihre Augen leuchten wie die eines frisch verliebten Mädchens. »Er lässt dich grüßen, hatte aber leider keine Zeit, auf dich zu warten.«

»Major Segador?« Wer soll das sein?

Sie steht auf, tänzelt um den Küchentisch. »Er sagte, er habe dich in Afghanistan kennen und schätzen gelernt.« Das zweite Verb betont sie mit unverhohlenem Stolz. »Ich wusste ja immer, dass du im Grunde deines Herzens ein Held bist. Ganz egal, was die Idioten vom …«

»Nelly, dieser Mann ist mir unbekannt.« Zumindest hat er sich mir nie vorgestellt. »Was wollte er?«

»Dich sehen. Da du fort warst, habe ich ihm eine Tasse Tee angeboten und wir haben geplaudert.« Erneut tritt dieser Glanz in ihre Augen. »Dann ist er wieder gegangen.«

»Einfach so?« Wie oft habe ich ihr gepredigt, sie soll Fremden nicht die Tür öffnen.

»Nein.« Sie lächelt versonnen. »Vorher hat er darum gebeten, die Toilette benutzen zu dürfen.«

»Hat er etwas gestohlen?«

»Bei uns?« Sie sieht mich an, als ob ich gescherzt hätte. »Was denn? Unser Fernseher ist old school, dein Laptop betagt genug, um schützenswert zu sein, und bis auf ein paar Dollar Bargeld ist nichts Wertvolles in der Wohnung.« Sie legt ihre Hand auf meinen Arm. »Jacob, denk nach. Du kennst ihn ganz bestimmt. Er wusste sogar, wie der Junge hieß, den du damals hast davonkommen lassen.«

Ich durchpflüge mein Hirn nach dem spanisch klingenden Namen.

Nichts. Absolut nichts.

»Dan Murray ist tot«, sagt Nelly nebenbei. »Weißt du noch, der Versicherungsagent, von dem ich dir erzählt habe.«

»Du hast mir von keinem Versicherungsagent erzählt.« Der Name kommt mir dennoch bekannt vor.

»Doch, doch, als das damals mit deiner Mutter passiert ist. Da hat er mir durch den Wust ihrer Policen geholfen.«

Meine Mutter starb, als ich in einem von Gott verlassenen Land meine Vorliebe für einen kaugummikauenden jungen Mann entdeckte, der sich vor allem in Toilettenkabinen hervorragend küssen ließ.

»Herzversagen. In seinem Büro. Miss Walpaper vom Blumengeschäft hat gesehen, wie sie heute Morgen seine Leiche rausgetragen haben.«

»Die bedecken die Körper.« Kein Sanitäter mutet einem Passanten den Anblick eines Verstorbenen zu.

»Schon«, plaudert Nelly. »Aber Miss Walpaper hat mit seinem Chef gesprochen. Der hat ihn gefunden. War angeblich ganz durch den Wind. Murray war ja auch erst siebenunddreißig. Viel zu jung, um an Herzversagen zu sterben.«

»Stress im Job?« So was soll's geben. Apropos: »Ich wechsele die Branche.« Zumindest ein wenig. »Jemand hat mich als Chauffeur engagiert.« Den zweifelhaften Vertrag zeige ich ihr sicherheitshalber nicht. »Mein neuer Boss scheint ein etwas unstetes Leben zu führen. Kann sein, dass ich zwischendurch mit ihm ins Ausland reise.«

»Ins Ausland?« Nellys Augen werden kugelrund. Seit meiner Zeit in Afghanistan ist allein das Wort

Ausland der Inbegriff alles Bösen für sie. »Was sagt Jeff dazu?«

Verdammt. Ich muss den Job bei ihm kündigen. Meine Schicht würde heute Abend beginnen. Allerdings soll ich da Teshi fahren. Ich zücke das Handy und wähle Jeffs Nummer. Während Nelly immer wieder hektisch abwinkt, erkläre ich ihm, was Sache ist und danke ihm für alles, was er bisher für mich getan hat. Insbesondere für sein Vertrauen in mich. Er scheint mittelprächtig geplättet zu sein, denn für eine ganze Weile kommt kein Ton von ihm.

»Scheiße, Jacob. Du schmeißt den Job?«

»Ich habe ein echt verlockendes Angebot bekommen.« Ich sollte die Finger kreuzen. »Als Chauffeur.«

»Was?«

»Als Chauffeur!«

»Fuck!« Er beendet das Gespräch. Einfach so.

»Was sagt er«, fragt Nelly ängstlich.

»Fuck.«

»Fuck?« Meine Tante schlägt die Hand vor den Mund. Als sie sie wegnimmt, ist sie eine Spur blasser. »Junge, du hast einen furchtbaren Fehler begangen.«

Vermutlich. Fühle mich für einen Augenblick wie eine Maus, die kurz davor steht, ihre Zähne in das Speckstück der Falle zu schlagen. »Mach dir keine Gedanken, ich weiß, was ich tue.« Einen Scheiß weiß ich.

Duschen, mich in frische Sachen werfen, rasieren, Zähne putzen. Der misstrauische Blick aus dem Spiegel beginnt, mich auf nervende Weise zu verfolgen.

Ich sehe die Leine nicht, die mir Teshi um den Hals geworfen hat. Doch ich spüre sie. Er zieht sanft an mir, belohnt meinen Gehorsam mit Leckerlis, aber er zieht.

Oder ist es Cutter?

Wer, verdammt, hält das andere Ende?

Nelly hockt wie ein Häufchen Elend auf dem Sofa, die Hände im Schoß gefaltet. »Es war ein so guter Job, der bei Jeff.«

»Du wusstest, dass ich mich verändern wollte.«

Das Wissen, das Richtige zu tun, und das Gefühl, dass das Richtige grottenfalsch ist, beuteln mich während der Fahrt zurück ins Sheraton.

Ich habe keine Schlüsselkarte, also rufe ich aus der Hotellobby Teshi an, der jedoch nicht rangeht.

»Mr. Getty?« Die Dame an der Rezeption reicht mir einen Umschlag. »Der ist für Sie.«

Getty. In rot. Die Farbe beginnt mich zu nerven.

Hundert Dollar Scheine. So viele, dass ich mich sogar hier nicht traue, sie hervorzuziehen.

Eine schlichte, weiße Briefkarte.

Eine Anzahlung für geleistete und zukünftige Dienste.
Teshi wird sich gegen 10 p.m. bei Ihnen melden. Bereiten Sie sich auf eine Reise vor. Gefordert wird nur kleinstes Gepäck. Alles andere besorgen wir für Sie.
Bis es so weit ist, genießen Sie ihre Zeit.
Cutter

Cutter. Immer wieder.

Teshi ist ein erwachsener Mann, weshalb springt er nach Socken-Joes Pfeife?

Wieso springe ich danach?

Eine längere Reise. Doch noch Paris? Warum teilt mir Teshi nicht persönlich seine Pläne mit? Ich habe ihn in der Nacht ins Nirwana gefickt, verdammt. Ich habe mir sein Vertrauen mehr als verdient.

Halb elf vormittags. Endlose Stunden liegen vor mir.

Genießen Sie Ihre Zeit.

Mit Grübeln? Macht wenig Sinn.

So viel Geld auf einen Haufen habe ich nie gesehen. Weihnachten steht vor der Tür. Nelly und ich schenken uns immer nur Kleinigkeiten. Über was würde sie sich freuen? Musicalkarten. Für irgendeine glamouröse Aufführung in New York. So ein Spektakel, in das mich keine zehn Pferde schleppen könnten. Soll sie doch eine ihrer graulockigen Freundinnen mitnehmen.

Ein Wochenende, nur zum Vergnügen in dieser durchgeknallten Stadt, bis der letzte Cent von dem Geld ausgegeben ist.

Verdient hat sie sich das längst.

Ich stecke die Scheine ein, fahre zurück.

»Nelly?« Ungewohnte Stille schlägt mir entgegen.

Ihr Mantel hängt nicht an der Garderobe. Sie wird einkaufen gegangen sein.

Ich bin nicht der Typ für Verabschiedungsszenen. Später werde ich ihr eine Nachricht schreiben. Mit einem Selfie. Ich und der Eiffelturm.

Das Geld lege ich in ihre Sockenschublade. Dort findet sie es erst morgen früh und kann mich heute nicht mehr mit Fragen bombardieren.

Nachher fürchtet sie, ich hätte es illegal erworben. Gott, sie würde mein Handy allein wegen ihrer Anrufe zum Explodieren bringen.

Kleinstes Gepäck. Ich fische meine Reisetasche aus dem Schrank, packe das Nötigste an frischer Wäsche und werfe als krönenden Abschluss meine Kulturtasche hinein. Es fehlt nur noch meine Hundemarke.

Eine Art Hassliebe verbindet mich mit den beiden verfluchten Metallschildern. Sie gehören ebenso zu mir wie mein Pass und die Versicherungskarte. Nicht im Traum käme ich auf die Idee, sie mir umzuhängen. Die Zeiten, in denen die Schilder auf meiner Brust geklimpert haben, sind vorbei.

Aber ohne sie trete ich keine Reise an. Gleichgültig, ob lang oder kurz.

Eine zweckentfremdete Bonbondose auf dem Nachttisch bewahrt mich vor ihrem Anblick. Wird Zeit, dass ich mich ihm stelle.

Sie ist leer.

– Teshi –

Die Nacht mit Getty hat mich gezeichnet. Ich drehe mich vor dem Spiegel, betrachte die Spuren auf meinem Rücken, die seine Nägel hinterlassen haben. Er hat mir all das geschenkt, was ich von ihm wollte. Und mehr. Die Sehnsucht nach einem Dasein ohne Aktenkoffer, ohne Auserwählte, ohne die Angst in ihren Blicken, ohne den Schmerz danach. Getty ist nicht mein Senpai und ich bin nicht sein Kōhai.

Wir sind nur zwei Menschen, die einander geben, was sie brauchen. Nur das voneinander verlangen, was sie leisten können.

Ich halte mich am Rand des Waschbeckens fest, fühle die Kälte der Keramik. Ich werde niemals so werden wie Senpai und ich bin nicht sicher, ob er das je für mich geplant hat.

»Er hat dir viel zugemutet.« Er lehnt am Handtuchtrockner, die Arme vor der Brust verschränkt.

»Du mutest mir mehr zu.« Damit meine ich nicht nur das, was im Bett geschieht, und er weiß das.

»Du liebst es.« Ein warmer Glanz erfüllt seine Augen. »Den freien Fall zwischen Grausamkeit und Sanftmut. Deshalb bist du bei mir geblieben, statt weiterzugehen.«

»Ich bin bei dir geblieben, weil ich sicher war, den Verstand während deines Kusses zu verlieren.« Mit solch einer Inbrunst, einer Hingabe, bin ich nie zuvor geküsst worden.

Gettys Küsse sind berauschend, doch sie werden immer in Senpais Schatten stehen. So wie ich, wenn ich bei ihm bleibe.

Getty hingegen führt mich ins Licht. Gestattet mir Freiraum. Etwas vollkommen Neues in meinem Leben.

Senpai tritt hinter mich, legt sanft die Fingerspitzen auf meine Brustwarzen. »Sie sind wund. Hat er hineingebissen?«

Ich führe seine Hände an mir hinab zu meiner Mitte. »Dort bin ich auch wund.« Ich lasse sie über meine Seiten nach hinten wandern. »Und hier.«

»Er scheint sein Handwerk zu beherrschen.« Ein anzügliches Grinsen trifft mich durch den Spiegel. Es existiert nur, um die Traurigkeit dahinter zu verbergen.

»Warum bist du nicht geblieben?«

»In meiner Anwesenheit hätte er sich zurückgehalten.« Behutsam gleitet sein Finger in meine Spalte, tastet. Seine Braue zuckt. »Und das hätte dir sicher nicht gefallen.«

Ich wende mich zu ihm, wickele das Handtuch von meinen Hüften. »Du hättest mich halten können.« Der Gedanke, in Senpais Griff Gettys wilder Lust ausgeliefert zu sein, lässt mich hart werden.

Senpai bemerkt es, lächelt. »Bekommst du je genug?«

»Von dir? Nein.« Ich sinke vor ihm auf die Knie und öffne den Haken seiner Anzugshose. »Vor meinem Sprung waren mir solche Dinge verwehrt. Nun hole ich sie nach.«

»Du hättest sie dir nehmen können.« Er zieht den Reißverschluss hinab, hält mir seine Spitze vor die Lippen. »So wie das hier.«

»Ich hätte sie mir niemals zugestanden.« Langsam lasse ich seine Länge in meinen Mund gleiten.

Senpai schließt die Augen. »Es fällt mir schwer, dich gehen zu lassen.« Er seufzt, schiebt sein Becken nach vorn.

Ich muss mich konzentrieren, um es zu genießen. Er nimmt meine Kehle sehr tief.

Ich sauge, schlucke, bevor ich den Schaft umfasse und ihn freigebe. »Dann behalte mich.«

Es ist nur ein Wunsch. Er regt sich nicht stark genug in meiner Brust, um Erfüllung zu finden.

Senpai legt zwei Finger unter mein Kinn. »Und Getty?«

»Den behalte ich.« Ich lächele ihn an, hoffe zumindest auf ein Zucken in seinen Mundwinkeln.

Es bleibt aus.

»Der Tod, das Leben und der Mensch dazwischen. Mehr nicht.«

Er klingt so unendlich einsam.

Ich schmiege mein Gesicht an seine Leiste, inhaliere seinen Duft. »Du bist der Tod, Getty ist der Mensch. Lass mich das Leben sein.« Ich spüre Abschied und fürchte mich davor. Habe ich mich eben nicht danach gesehnt? Aus Senpais Schatten zu treten?

Senpai schiebt seine Finger in meinen Mund, drückt ihn auf.

Seine Spitze verführt meine Zunge erneut.

»Was du dir jetzt von mir nimmst, ist das Letzte, was ich dir geben werde. Tu uns beiden einen Gefallen und sei unersättlich.«

Ich nehme ihn, so tief ich kann, klammere mich an seine Hüfte. Ich will ihn nicht loslassen.

Dabei habe ich es längst getan.

— Jacob Getty —

Jemand klopft an der Wohnungstür, während ich, aus welchen Gründen auch immer, unter dem Bett nach meinen Hundemarken suche. Wie sollten sie hierhergekommen sein? Das restliche Zimmer habe ich bereits durchkämmt.

Es klopft erneut. Dieses Mal lauter.

»Ja, verdammt!«, brülle ich in den Flur. Wo sind die verflixten Dinger?

Cutter steht draußen. Sehr smart in dunklem Anzug und Mantel. »Lust auf eine Reise?« Er drückt mir den Bügel einer Anzugtasche in die Hand. »Ziehen Sie das an.«

Wenn ich es nicht besser wüsste, hielte ich sein Lächeln für sympathisch.

Noch bevor ich den Reißverschluss öffne, ahne ich, was mich erwartet. Die Chauffeursgarderobe.

Mit Kappe.

Cutter nimmt mein Fluchen mit einem Brauenzucken zur Kenntnis. Er folgt mir in mein Zimmer, setzt sich auf meinen Schreibtischstuhl. »Wir sind spät dran, bitte beeilen Sie sich.«

»Ich dachte, wir starten erst heute Nacht?« Will er mir zusehen, während ich mich umkleide?

Seufzend dreht er sich samt Stuhl zum Fenster. »Eine Planänderung.«

Cool, der Kerl kann Gedanken lesen. »Wozu planen Sie überhaupt?« Dieses Hin und Her geht mir gegen den Strich. Ich trenne mich von Pullover und Jeans und schlüpfe in Hemd und Anzug. Sogar an schwarze Socken hat Cutter gedacht.

»Was ist mit Teshi?« Vor ihm hätte ich gern einen Strip hingelegt. Die Nacht mit ihm war ... unglaublich. Ich schließe die Augen, gebe mich dem wohligen Schauder hin, der mich von Kopf bis Fuß durchströmt.

Ein warmer Hauch in meinem Genick. Lippen, die sich fest auf meinen Nacken pressen. Cutters Arme schließen sich um meine Brust.

Ich will herumfahren, ihn von mir stoßen. Stattdessen neige ich den Kopf zur Seite, gestatte dem Mann hinter mir, meinen Hals zu küssen.

»Danke, dass Sie uns beiden diesen Moment Intimität gönnen«, wispert er gegen meine Haut. »Ich verspreche Ihnen, es wird der letzte sein, den ich Ihnen aufdränge.«

Seine Umarmung ist fest, so fest, dass ich Mühe habe, zu atmen. Dennoch fühle ich mich in ihr geborgen. »Was ist mit Teshi?«

Reue. Ich will sie fassen, sie wie einen Schild zwischen mich und Cutter halten. Sie entzieht sich mir.

»Ich bringe Sie zu ihm.«

»Warum verführen Sie mich vorher?« Darauf wird es hinauslaufen. Ich weiß es mit einer Sicherheit, die mich erschüttert. Als besäße ich keinen Willen. Keine Kraft, mich dagegen zu wehren.

»Weil Sie mir nicht freiwillig entgegenkommen.« Seine Hand wandert hinauf zu meiner Kehle, streift etwas über meinen Kopf.

Ich höre ein leises, metallisches Klirren, spüre einen Hauch Kälte durch den Stoff des Hemdes.

Erinnerungen fluten mich.

Sand, der die Haut wund reibt, Staubwolken, wegspritzende Steine. Bobs blutender Unterschenkel, der zwischen der leeren Blechbüchse und dem herausgebrochenen Mauerstein so verloren wirkt. Ein Schrei, der mir Tränen in die Augen treibt. Das Lachen der Kameraden, warmes Bier aus noch wärmeren Dosen. Ein Eimer samt Wischmopp auf feuchten Fliesen, Nuris Lächeln, während ich die Kabinentür hinter uns verriegele.

Seine Küsse.

»Nimm sie an«, flüstert Cutter so verheißungsvoll, dass ich mich gegen ihn lehne, nur, um ihm näher zu sein. »Und dann lass sie los.« Er nimmt mein Kinn, wendet mein Gesicht seinem entgegen.

Meine Lippen finden seine, öffnen sich, lassen ihn gewähren. Mir wird schwindelig unter seinem Ansturm.

Das Zimmer dreht sich um mich, seine Farben verblassen. Ich will mich festhalten, greife ins Leere.

Ich falle. Warte auf die Angst vor dem Aufschlag.

Sie bleibt aus.

– *Cutter* –

Mit einem erleichterten Seufzen sinkt mir Getty in den Arm. Seine Lider schließen sich, sein Herz hört auf zu schlagen.

Ich lege ihn auf sein Bett, streiche ihm die Haare aus der Stirn. »Ich habe dir den höchsten Lohn versprochen, den ein Mensch nur erhalten kann.« Noch sind seine Wangen warm.

Ich streichele darüber, als wäre er ein Kind. »Und ich habe dir gesagt, dass ich dafür sorge, dass dich nichts von deiner Aufgabe ablenkt.« Ich werde mein

Wort halten. »Hiermit lege ich Teshis Wohl in deine Hände und ich weiß, du wirst ihn niemals enttäuschen.« Ein Vertrag für die Ewigkeit. Er hat ihn längst unterschrieben. Zweimal. Das Duplikat knistert bei jeder Bewegung in meiner Brusttasche.

Eine Existenz zwischen dem Hier und Dort. Ein zeitloses Spiegelbild verzerrter Erinnerungen, eine Möglichkeit, einen Wimpernschlag lang sicher vor dem Leben und geborgen vor dem Tod zu sein.

Nur ein Umweg. Mehr nicht. Er wird ihn erneut in meine Arme führen, denen er nur vermeintlich entkommen ist. Eine Handvoll Glück, geteilte Leidenschaft, ein verklingendes Echo. Mein Abschiedsgeschenk.

Ich verlasse Getty, wandle auf seinem Pfad zurück bis zu einer Kreuzung, an der er noch nicht angekommen ist.

Ich stelle die Weichen in eine günstige Richtung und rede mir ein, dass der Zug zu einem anderen Ziel als zu mir fährt.

Bis es soweit ist, werde ich aus Teshis und Jacob Gettys Blickfeld verschwinden. Ein Leben, als gäbe es mich nicht. Das bin ich Teshi schuldig.

– Jacob Getty –

»Noch einen Tee?« Nelly gießt die Tasse voll, ohne meine Antwort abzuwarten. »Was wünschst du dir zu Weihnachten?«

»Einen anderen Job.« Taxi zu fahren ist okay, aber nicht das Gelbe vom Ei.

»Das wird Jeff nicht gefallen.« Seufzend blickt sie aus dem Fenster und betrachtet das nächtliche Schneetreiben.

Es ist nett von ihr, dass sie bis zum Ende meiner Schicht aufgeblieben ist.

»Wer weiß schon, was das Jahr 2016 für dich bereithält?«

2016? Richtig. Für einen Augenblick habe ich erwartet, dass eine Siebzehn hinter der Zwanzig steht. Offenbar bin ich müder, als ich mich fühle.

»Ehe ich es vergesse, da wurde ein Brief für dich abgegeben.« Sie reicht mir einen Umschlag über den Küchentisch.

Ein Flugticket in eine Stadt, deren Namen ich nie zuvor gehört habe, ein Scheck über einen Betrag, der mir die Kinnlade hinunterklappen lässt. Er ist auf mich ausgestellt und unterschrieben. Ich weiß nicht, wie lange ich auf die Zahl starre, doch meine Augen beginnen währenddessen schon zu tränen.

»Jacob? Geht es dir gut?«, höre ich Nellys besorgte Stimme wie aus dem Nebel.

»Alles bestens.« Das hier kann sich nur um einen makaberen Witz handeln. Ein Briefbogen liegt bei. Dickes Papier, wirkt nobel.

Mit roter Schrift stehen nur wenige Zeilen darauf. Ich überfliege sie zig Mal, um ihren Sinn zu erfassen.

»Was ist, Junge?« Nelly packt mich am Ellbogen. »Du schaust aus, als hättest du ein Gespenst gesehen.«

»Kein Gespenst.« Das hoffe ich zumindest. »Ein Auftrag.«

»Ein Auftrag? Von wem?«

»Keine Ahnung.« Der Brief wurde nur mit einem schwungvollen C unterschrieben. »Ich soll irgendeinen Japaner in zwei Tagen von einer Brücke abholen.« Ein Mr. Haru Matsukuro. Pünktlich um Mitternacht.

Beachten Sie die Zeitumstellung. Das Timing dieses Jobs ist von elementarer Bedeutung.

»Von welcher denn?«

»Der Meiko-Higashi-Brücke.« Ich muss mich konzentrieren, um den Namen lesen zu können.

»Kenne ich nicht. Wo soll das sein?«

»In Nagoya.« Japan.

Mein Flug geht morgen früh.

EPILOG

Meine Lider sinken. Ich bin todmüde. Die lange Reise hängt mir in den Knochen. Ich trinke einen Schluck Kaffee aus dem Thermobecher, schalte den Jaguar einen Gang zurück. Vor mir breitet sich der Hafen aus. Ich öffne das Fenster. Ein Potpourri aus Dieselabgasen und Seetang dringt in meine Lunge.

Ich war noch nie in Japan. War eine echte Überraschung, als mir am Ausgang des Nagoya Airfield ein Taxifahrer den Schlüssel eines Jaguar XJ in die Hand drückte.

Älteres Baujahr.

Ich liebe Kühlerfiguren.

»Die Papiere liegen im Handschuhfach.« Seine rotblonden Haare lugten unter seiner Mütze hervor und seine graublauen Augen musterten mich eine Spur zu gründlich. »Sie benötigen eine angemessene Kleidung für Ihren neuen Job.« Er öffnete die Wagentür, wies ins Innere.

Ein schwarzer Anzug, weiße Handschuhe, eine Chauffeurskappe.

Auf meine Frage, ob das ein Scherz wäre, schüttelte er den Kopf. »Ich scherze nie, Mr. Getty. Das liegt nicht in meiner Natur.« Ohne eine weitere Erklärung stieg er in sein Taxi und fuhr davon.

Vor mir erheben sich die blauen Tragpfeiler der Brücke.

Zwei Minuten vor Mitternacht. Das nennt man wohl just in time.

Ein Schatten bewegt sich zwischen den Schrägseilen.

Ein Mann. Er steht auf der Absperrung, blickt in die Tiefe.

Ich bremse, bete, dass ihn das Quietschen der Reifen nicht erschreckt.

»Sir?« Ich renne zu ihm. »Bitte, steigen Sie da runter.«

Er scheint mich nicht zu hören.

»Sir, bitte, lassen Sie sich helfen!« Meine Handflächen werden feucht vor Angst.

Ich klettere zu ihm hinauf, zwinge mich, nicht hinab zu sehen. Dass dort harter Asphalt auf mich wartet, ist mir auch so bewusst. Ein paar Schritte weiter, und das Meer hätte unter uns gerauscht.

Ich hangele mich zu ihm, ignoriere die Übelkeit, die in mir aufsteigt. »Ich bin zum ersten Mal in Nagoya. Ist sicherlich eine nette Stadt. Haben Sie Lust, sie mir zu zeigen?« Schwachsinn. Er dient lediglich dazu, meinen Adrenalinspiegel zu senken und den Mann von seinem Vorhaben abzulenken.

Er ist bildschön. Sein schmales Gesicht, die langen schwarzen Haare, mit denen der Nachtwind spielt.

Für einen Moment scheint es, als würde er das Gleichgewicht verlieren.

»Hören Sie mir zu!« Wenn er nur auf mich reagieren würde! »Ich werde Ihnen helfen, egal, wobei. Nur bitte klettern Sie von der Brüstung.«

Sein Mantel bauscht sich. Er schiebt den Fuß nach vorn, will ihn in die Leere setzen.

»Bitte, Sir.« Ich halte ihm meine Hand hin, während sich mein Herz vor Angst um einen Fremden zusammenkrampft. »Vertrauen Sie mir. Was Sie auch quält, es wird wieder gut.« Ich schmecke die Lüge, während ich sie ausspreche. Dennoch habe ich nie etwas ernster gemeint. »Ich bin Jacob Getty. Vor ein paar Stunden saß ich noch mit meiner Tante in Madison beim Tee.« Ich versuche, die Anspannung aus meiner Stimme zu verbannen, sie gelassen, freundlich klingen zu lassen. »Bitte, muten Sie mir nicht diesen Sprung zu. Ich habe genug Tod in meinem Leben gesehen. Es reicht mir für eine Weile.«

Seine Finger schließen sich fester an die Schrägstreben.
Vorsichtig balanciere ich näher zu ihm.
Nur nicht nach unten sehen.
Mir bricht der Schweiß aus. Ich klammere mich mit ganzer Kraft an eines der taudicken Drahtseile.
»Ich würde Ihnen gern mehr von mir erzählen.« Solange ich wie ein Idiot auf ihn einrede, kann er sich hoffentlich nicht für seinen Tod entscheiden. »Ich bin Taxifahrer.«
Noch einen Schritt zu ihm. »Nun ja, eigentlich bin ich im Moment so etwas wie ein Chauffeur.« Und noch einen.
Gott! Meine Knie fühlen sich wie Pudding an.
»Ein seltsamer Auftrag. Meine Tante hat mich für verrückt erklärt, ihn anzunehmen.« Bis ich ihr den Scheck gezeigt hatte. Danach wollte sie meine Reisetasche packen, damit ich auch ja nichts vergesse. Am

nächsten Morgen hat sie mich Stunden zu früh aus der Wohnung gescheucht.

»Ich soll hier einen Mr. Haru Matsukuro abholen. Das ist doch die Meiko-Higashi-Brücke, oder nicht?«

Der Mann hebt den Blick, sieht mich an. »Wen sollen Sie abholen?«

»Einen Mr. Haru Matsukuro.«

»Das ist unmöglich.« Sein Mantel bauscht sich. Der Wind drückt ihn nach vorn, hin zur Tiefe.

»Vorsicht!« Es kostet mich den letzten Rest Mut, das Seil loszulassen und den Arm des Mannes zu packen. Er ist es. Haru Matsukuro. Daher war meinem Auftraggeber das Timing so wichtig. Er wusste, was in dieser Nacht geschehen würde. Er kannte den Ort, die Zeit.

Die Erkenntnis bringt mein Herz für einen Augenblick zum Schweigen.

»Bitte, Sir. Lassen Sie sich von mir helfen.« Nur dazu bin ich hier. Das ist mein Job. Nichts anderes.

Zögernd lösen sich seine Finger von der Verstrebung, finden meine.

Ich greife so fest zu, wie ich kann.

~*~

WEITERE ROMANE VON S.B. SASORI

Schlangenfluch 01 - Samuels Versuchung
Samuel Mac Laman ist ein faszinierender Mann – und ein faszinierend schöner Mann. Als der Kunststudent Laurens Johannson ihm zum ersten Mal begegnet, möchte er ihn zunächst nur porträtieren. Aber der Highlander mit den honigfarbenen Augen, der selbst im Sommer nur hochgeschlossene Kleidung trägt, weist ihn ab. Nach einem brutalen Überfall erfährt Laurens den Grund, warum Samuel zu jedem Fremden Distanz wahrt.
Die Hälfte seines Körpers ist mit einer hochsensiblen Schlangenhaut überzogen.

Schlangenfluch 02 - Ravens Gift
Raven hütet ein grausames Geheimnis. Um seinen Bruder zu schützen, stellt er sich einer Herausforderung, die ihn mehr und mehr in die Knie zwingt.
Samuel und Laurens ahnen nichts von der Gefahr. Sie kämpfen darum, die Geschehnisse am Loch Morar vergessen zu können. Doch ein alter Feind stellt sich ihrem Glück in den Weg. Von Rache zerfressen, setzt er alles daran, ihre Liebe für immer zu zerstören.

Schlangenfluch 03 - Seans Seele
Der junge Ire Sean lebt am Rand der Gesellschaft. Als er in Bangkok unter die Räder kommt, nimmt ihn die Drogenhändlerin Isabell bei sich auf. Sie plant, mithilfe des Giftes einer uralten Spezies, die Droge des Jahrhunderts zu kreieren. Als sie erfährt, dass ein ge-

wisser Raven Mac Laman der Nachfahre eben jener Wesen ist, beschließt sie, ihn aufzuspüren und für ihre Zwecke auszubeuten.

Sie überträgt Sean die Aufgabe, sich um den geheimnisvollen Mann zu kümmern.

Über Shenyang und Moskau führt der Weg nach Morar, einem kleinen Ort in den schottischen Highlands. Doch was Sean dort vorfindet, raubt ihm in vielerlei Hinsicht den Atem.

Schuldfrage
Cedrics Alltag ist ein Scherbenhaufen. Kaum bricht die Dunkelheit herein, ertrinkt er in Ängsten. Sie kreisen um eine Ruine, Gestank und einen gesichtslosen Fremden. Er kittet die Bruchstücke seiner Existenz mit der Flucht in eine Zweckbeziehung und abrufbarem Sex, ohne dem Chaos länger als wenige Augenblicke zu entkommen. Erst der junge Landstreicher Mika, der durchnässt und barfuß in sein Leben stolpert, schenkt ihm Momente voll Geborgenheit und Frieden. Sie zersplittern wie Glas, als Mika von einer Nacht erzählt, die neun Jahre zurückliegt.

Drahtseiltänzer
Ein Tanz auf dem Drahtseil, ein Deal, der zum Verrat zwingt und eine Nacht am Strand, getaucht in Geborgenheit und Nähe.

Doch die Sonne geht auf und der neue Tag schlingt vertraute Fesseln um Ciros Leben.

Ein toter Bruder, ein missratenes Outing und eine Spontanreise in die Toskana. Noah braucht Abstand. Zu sich und seinen Eltern – nicht zu dem Italiener mit dem verträumten Blick und den braungebrannten Füßen in sandigen Flip-Flops.

Hongkong-Storys 01 - Rattenfänger
Hongkong 2037
Nach einer Pandemie liegt die Weltwirtschaft am Boden. Wer es sich leisten kann, flüchtet in die chinesische Metropole in der Hoffnung auf ein Leben in Überfluss und Reichtum.

Doch die Stadt birgt ihre Schattenseite – Kowloon.

Menschenhandel, Prostitution und Drogen bestimmen das Dasein der Gesichtslosen.

Im Begging Monk, einem Klub in dem verkommenen Bezirk, bieten Shivas das an, was sie besitzen – sich selbst.

Joseph Wakane dirigiert das Geschehen im Grenzbereich von Menschlichkeit und Moral. Er kennt die Währung, mit der Träume erkauft und Existenzen zerstört werden.

Liam O'Farrell war ein erfolgreicher Arzt, aber die Eintönigkeit seines Alltags erstickte ihn.

Er kehrte der geordneten Sicherheit Hongkong Islands den Rücken und floh in das vor Dreck und Chaos überquellende Kowloon. Nun flickt er zusammen, was die Nächte im Monk von den Shivas übrig lassen. Als er Joseph zu einer Auktion im Hafen begleitet, erfährt er zum ersten Mal hautnah, wie aus Menschen Ware wird.

Er ist entsetzt.

Bis ihn ein junger Mann anfleht, ihn zu kaufen.

Der Sodomit
Ungarn im 15. Jahrhundert. Mihály Szábo ist Arzt im Dienste König Matthias Corvinus. Der Wissenschaft verpflichtet kämpft er nicht nur gegen die Pest, sondern auch gegen den Vorwurf der Ketzerei.

Als ein Junge wegen seines Buckels halb totgeschlagen wird, sieht sich Mihály als Arzt und als Mann herausgefordert. Er kümmert sich um „das Hexenbalg" und macht es sich zur Aufgabe, seine Entstellung zu richten. Doch während der schmerzhaften Prozedur kehren Gefühle zurück, die besser im Verborgenen geblieben wären.

Rot. Grün? Blind!
Wer ist der smarte Blonde, der mit Frank-Sinatra-Hut und Sonnenbrille aus dem Fond einer Limousine steigt?

Finn kann sein Glück kaum fassen, als er erfährt, dass es sich um seinen neuen Nachbarn handelt.

Aber weshalb überquert H.Veller, ohne nach rechts und links zu sehen, die Straße?

Und das zur hektischsten Berliner Rushhour?

Finn eilt dem seltsamen jungen Mann zur Hilfe und begreift, warum Rot eine schreckliche Farbe ist und Schatten guttun können.

Zwischen jetzt und nie geschehen
Demian ist fasziniert von dem Geschichtenerzähler, dessen sanfte Stimme versunkene Königreiche und uralte Mythen heraufbeschwört.

Doch warum nennt dieser ihn bei einem falschen Namen und behauptet, ihn seit vielen Jahren zu kennen?

Demian verbringt mit ihm die sinnlichste Nacht seines Lebens, während er seiner eigenen Geschichte lauscht.

Sie führt ihn zu einem Mann, dessen Existenz er längst vergessen hatte.